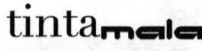

CASI AZUL, CASI TRISTE

Título: Casi azul, casi triste
Autor: Julio Oliva
ISBN: 978-84-16030-44-6
Editorial TintaMala 2018

CASI AZUL, CASI TRISTE

Julio Oliva

mar y mar y mar y mar y

0.

La noche en que murió Zacarías Olite fue la noche en que le dije a Armando que estaba enamorada de él. No creo que fuera la primera vez que se lo dijese, aunque él insistió en que así era. De lo que estoy segura es de que, casi un año después, no he vuelto a decírselo, pese a que probablemente siga enamorada de él. Digo probablemente por no afirmarme en una respuesta que siempre llega tarde, ahora que Montevideo es buscarte en cuatro husos horarios distintos y un océano de distancia; es esperar que, en cualquier momento, un reflejo en el escaparate, una marca de dentífrico, una expresión en desuso tan tuya, me traiga algún poquito de ti a esta preciosa ciudad de la que el propio Zacarías Olite me advirtiera, cuando todavía dudar si tomar o no ese avión era una opción. Y el Viejo tenía razón, como para facilitarme las cosas. Aun así era yo misma, con esa necesidad de cometer mis propios errores, de organizar el caos en el que emergen los recuerdos, como derramándose por mi camisa hasta calar el pecho, las costillas, los pulmones. Nunca nos advierten, Armando, del daño que hacen los encuentros fortuitos con nosotros mismos. La certeza de que cada vez somos menos cuerpo y más palabra.

Mira, yo no sé ordenar toda esta amalgama de calles altas, de fotografías viejas y recortadas, del océano Atlántico visto desde el lado de acá. De pronto es martes o el pasillo de la Facultad de Letras, de pronto Raquel sin saber exactamente de dónde sale Raquel, con esa calma de niña buena y zumo de frutas, ese novio amable, esos libros que Nicole llamaba imprescindibles, esas ganas de Torrellas de que no cambien las cosas. No sé explicar por qué, o cómo, o cuánto de verdad habrá en cada recuerdo que concluye siempre en Raúl, que ahora duerme, es de noche en este hemiferio. Raúl, que en la oscuridad es tan blando y lejos y un poco mirar a otro lado, también debe estar ahora soñando contigo. Lo sé. Me lo ha contado. Ayer mismo Raúl soñaba que habíamos vuelto, que otra vez Plaça Sant Lluc o las tardes de autobuses y cigarrillos, que, incluso, Madame Josset, en esa reproducción que tanto odiabas decorando el Salamanca. Soñó que comprábamos en una panadería cuya anciana dependienta era incapaz de ponerle un precio a nuestra compra. Siempre te gustó jugar a desnudarle a los sueños. Raúl cree que ese es el reflejo de la imposibilidad de definir lo que nos convierte en un triángulo isósceles que siempre fue mentira, que siempre supimos, incluso Raúl, resignado, que no había tal triángulo, que siempre fuimos tú y yo, y esa necesidad de huir. Fíjate, empiezo intentando escribir en una aparente y lejana tercera persona sin poder evitar, de inmediato, en apenas dos párrafos, dirigirme a ti, consciente de que siempre te escribo en todo lo que escribo. Luego vendrán las justificaciones. Las excusas para explicar, para explicar-me: que si el otoño en abril, que si la humedad relativa del aire, que si llueve de a poco, como puntos suspensivos, todas ellas suficientemente razonables como para que no resulte demasiado extraño estar parada frente a la ventana cuando Raúl despierte, cuando Montevideo exista de nuevo en una silueta definida al otro lado, cuando todos estos recuerdos terminen de resbalar hasta guarecerse en el lugar de donde proceden los recuerdos y me diga, una vez más, que también pudo haber ocurrido así.

1.

Tienen algo de inconscientes esos aviones que vuelan de espaldas al sol, en el sentido contrario a las agujas del reloj, como queriendo huir del día que se aproxima sin remedio, precipitándose, inundando todo de martes o de calles desiertas de las seis de la mañana, de tejados con antenas y persianas bajadas cuando todavía esta luz, que ahora es un poco violeta y un poco esperar a que ese avión deje de estar en el plano, ajustar el obturador, regular la velocidad, disparar. Marina ajusta el foco y ve la ciudad que mañana dejará de ser Armando, dejará de ser esos hábitos mentales, esas rutinas de paradas de autobús, de papeles escritos que aparecen en los bolsillos repletos de frases inconexas, para ser un punto pequeñito, un color que se difumina visto todavía desde el cielo, desde la ventanilla de un avión en el que también Raúl, que seguro preguntará «¿estás bien?», sin esperar una respuesta, mientras vuela, con el sol de espaldas, siempre algo inconsciente, pretendiendo que es posible dejar atrás una ciudad, una vida, a sí misma. Y, ¿para qué entonces esta foto? ¿Para qué guardar todas las anteriores cuando ya nos hemos convertido en las cenizas que el fuego se temía? Como si el tiempo no fuera siempre presente, como si dejar atrás fuera un estado físico cuando, en verdad, es mental. Esa absurda esperanza de que si quedan grabadas y quietas, esas imágenes que somos nosotros mismos no podrán hacernos daño la próxima vez que aparezcan en algún cajón o entre las páginas de un libro que abrimos muy de vez en cuando. Pero Marina sabe, como saben todos los fotógrafos, que el tiempo solo permanece en el negativo y gira la rueda para preparar una foto más ahora que parece que el cielo se nubla, que amanece sin querer, que ya es mañana y empiezan a oírse esos ruidos como de ciudad adormecida y de párpados hinchados. Dispara varias veces sin molestarse siquiera en el encuadre, con la desgana de quien sabe imposible responder qué se busca. Se sienta en un banco, por primera vez consciente de la farsa en que se convierte tomar fotografías, de que por más que pueda después sostener en sus manos un papel en donde esta calle, esta mañana, esta luz, no es más que la ilusión de esta calle, de esta mañana, de esta luz que es siempre distinta porque son distintos quienes miran, que ella misma será otra durante el revelado, o en este preciso instante cuando un poco cansada va dejando que el cigarro se consuma en los labios, que el sol vaya pintando de amarillo su ropa, sus manos, sus ojos por un momento cerrados, Monet y la catedral de Ruan. Siente un escalofrío y piensa en la chaqueta por no pensar en un abrazo. Descubre que el carrete está agotado. Y que no ha traído otro de repuesto. Abre la cámara. Lo saca. Lo guarda en un bote opaco para evitar el contacto con la luz. Demasiado fácil —piensa —. Estos encontrarían tan obvio el símil que ya tendrían tema para lo que duran varias cervezas de reproches y citas a la *Nouvelle Vague*. Y no puede evitar una medio sonrisa sorprendiendo a un barrendero que aparece tras un taxi aparcado. Más obviedades. Los romanos llamaban a esto augurio. Un mal augurio, posiblemente. Un imprevisto que se habría resuelto fácilmente si en lugar de salir de casa a oscuras y en sigilo, como hacen quienes huyen, hubiera previsto (prever, precisamente el oficio de los augures) que su incontinencia fotográfica es inversamente proporcional al deseo de despedirse de Armando esa misma mañana. Que los carretes se agotan, que no caben más fotografías. Cuentan que Octavio, o César, qué más da, justo antes de una batalla naval, consultó a los augures. Estos observaron a los pollos sagrados. Si los pollos comen presagian victoria; en caso contrario, presagian derrota. Los pollos no comieron. Octavio ordenó, entonces, tirar a los pollos por la borda. Seguro que César hubiera hecho lo mismo. Quizá es que la vida es mucho más sencilla de lo que nos empeñamos.

2.

Armando pretende que el hilo que le ata a esa intermitente sucesión de imágenes nocturnas, ese momento en el que ya eres consciente de que todo fue un sueño y de que Marina, como confusa saliendo de un aula de la Facultad pintada de un gris casi azul, como en una canción de David Bowie, no se rompa pese a que, de pronto, un tren que a lo mejor (o a lo peor) simboliza un cambio supone (¿en el sueño o ya despierto?), y ese humo correoso por todas partes, que se les pega en la ropa y en las manos, (seguro que a lo peor) y la casa de sus padres que en algún momento (cuándo, cómo) era un pasillo infinito en el que buscarla… Que ese hilo no se rompa al despertar, o al menos no se haya roto en esta cotidianidad de cuarto con desconchones y ardor de estómago, que hace una hora era Marina despeinada buscando un pantalón con la luz apagada para no despertarle. Armando haciéndose el dormido miraba como deben mirar los espías, o los maridos, pensaba en lo que ahora es la necesidad de empezar el último día con Marina como si cualquier otro martes. Así que como cualquier otro martes se despereza, se viste, se lava los dientes, eso que llamamos Civilización Occidental. Mañana Marina se marcha con Raúl y dicho así hasta pudiera tener sentido, una beca, Montevideo, la necesidad de profundizar en el conocimiento absoluto de los temas trascendentales, que frecuentan quienes saben de lectores capaces de asombrarse ante cualquier libro bajo un título del tipo *Análisis criptográfico de cualquiercosaquesuenegrandilocuente*. Pero Marina no escribe una tesis banal, sino que Teresa Pàmies y el exilio como concepto mental, más que geográfico, lo que no deja de ser una sutil ironía teniendo en cuenta que Marina se marcha al voluntario exilio uruguayo luego de unas últimas semanas de exilio mental, y él enciende un cigarrillo sólo para fijarse en el naranja azulado de la llama del mechero ante la evidencia de que no encuentra el café, «una ironía», piensa, porque Montevideo es a la Geografía lo que Raúl es al amor: un complemento circunstancial. Así que, ante la imposibilidad de un café, Armando cuenta unas monedas sentado en un sofá, previene la apertura holandesa que dejó planteada ayer Torrellas llevando el caballo a F3, se coloca ya de pie cualquier chaqueta sobre los hombros, mira otra vez la repisa donde, junto a uno de Oliverio Girondo, se mantiene impasible el frasco cerrado en el que guardaron un beso, aquella vez en Praga. Una gitana les convenció, por un razonable precio, de que mientras ese beso permaneciera en el frasco no habría un último beso. Cosas de enamorados locos, siempre ha pensado Armando y un poco Marina, aunque el frasco ha estado en todos los momentos de cada uno de los pisos, habitaciones o cuchitriles en los que han vivido hasta entonces, siempre cerrado, siempre a la espera de que el último beso, y «si sigue ahí —piensa Armando, ahora que ya la puerta cerrada tras de sí—, será que no ha llegado el momento del último beso».

3.

—El hombre ha muerto, mi querido Armando, y vos debés ser su cadáver —le dice el viejo Zacarías Olite, que tiene la maravillosa costumbre de citar a Foucault como forma de dar los buenos días, mientras Armando, que ya ha pedido su café, se acomoda frente a él.

—¿Desde cuándo desayunas tostadas?

—¿Viste? Me volví un burgués. Hoy la municipalidad me otorga un galardón, mañana expongo en el Pompidou y cientos de pares de ojos pretenderán encontrar influencias de Gustave Moreau y no sé qué mierdas más que dirá algún crítico de la reputada madre que lo parió.

—¿Solo cientos?

—Cientos de pares. Uno ya ha alcanzado una edad en la que se conforma con números enteros, los demás se los cedo a tu generación. La mía no supo bien qué hacer con ellos, te advierto —Y cuartea deliciosamente un pedazo de pan después de que mermelada y mantequilla completen un Jackson Pollock en miniatura que emboca directo a esa bocaza barbuda, de edad indeterminada dirían los clásicos, donde las palabras y las cosas,

Foucault de nuevo, cobran un excepcional sentido, como por ejemplo:— Marina vuelve —advierte el Viejo.

Vuelve con la mochila sobre el hombro izquierdo, la cámara colgada al cuello, el pelo tan rubio, tan largo, tan suelto y dispuesto a volar con la mínima brisa de viento o el puro vaivén de sus infinitas y suaves piernas. Marina, que vuelve, y revuelve Armando el café que recién ha dejado el camarero junto a una nota de 2.50 y un cenicero que ha tomado de la mesa de al lado porque Armando no sabe dónde dejar la ceniza incapaz de sostenerse más tiempo por sí sola y que amenaza no solo con caer en la taza tibia, sino con consumir el resto del cigarrillo y el resto de la mañana. Marina vuelve sin fijarse que desde la otra acera, desde detrás del ventanal, justo debajo del LAMAN, del Café Salamanca, Armando no puede, ni tampoco quiere, dejar de ver cómo ella busca la llave hasta en tres ocasiones, mientras él tantea la suya en el bolsillo calculando las consecuencias de levantarse y salir del café y cruzar y llegar hasta ella y ofrecerle abrir la puerta, en lo que desde luego sería una forma mucho más acertada de decir «Marina vuelve» que como ha dicho el Viejo, porque parece evidente que Marina vuelve, pero no. Tal vez porque regresar y volver no sea lo mismo. Tal vez porque Marina realmente está de paso. ¿Y eso dónde deja a Armando? O acaso es que Armando no sea más que en función de Marina.

—El problema es que vos sos un poeta —le responde Zacarías Olite adivinándole el pensamiento, luego de verle, casi divertido, ensimismarse con el retorno de Marina, pero tampoco es un retorno, ni un regreso, ni Marina vuelve—. Y los poetas siempre tendéis a creeros el sujeto de vuestra centralidad, a creeros generadores de la realidad. Lo mismo pasa con los pintores, no vayás a creer, sé de lo que hablo. Es el tremendo error de creer que somos condenadamente libres para construir nuestra propia Historia, así, con mayúsculas.

—Vaya —dice Armando, que desde luego no es un poeta ni ha terminado de entender lo que el Viejo dice, entre otras cosas, porque ahora Marina ha desaparecido tras el portal.

Curioso —se dice Armando—, ha desaparecido para aparecer en nuestra casa, en nuestra casa sin mí, que estoy a apenas unos metros escuchando a este viejo loco, incapaz de subir de a cuatro las escaleras y gritarle que la quiero, implorarle que no se vaya. Es verdad, todo terriblemente dramático y poético.

Y el Viejo que sigue desarrollando que:

—…es la Historia la que realmente nos construye a nosotros. No somos sujetos. No somos generadores, ¡somos un resultado!

—¡No es verdad! —se defiende Armando sin saber muy bien de qué—. Claro que somos sujetos. Lo somos desde el momento en el que somos capaces de pensar la realidad externa y pensarnos a nosotros mismos.

—Pero, ¿qué es lo que nos pensamos? ¿Quién ha puesto en tus pensamientos eso que decís que pensás, y por qué o para qué? ¿Cuánto hay de original y cuánto hay del resultado que otros quieren que seas? ¿Por qué no te levantás de una vez y le gritás a Marina, corriendo por las escaleras como un loco, que no se vaya, por qué esta fatal resignación de café frío y cigarrillo consumido, de martes por la mañana, de ni siquiera sé qué digo cuando digo que somos capaces de pensar la realidad y a nosotros mismos? Somos el resultado de alguien que pretende que Marina se vaya y vos no más que la suma de los factores que no altera el producto. Levantate Armando, levantate. Dejá de decir que dos y dos son cuatro, que dos y dos solo pueden ser cuatro. Armando, que dos y dos SOLO puedan ser cuatro no es más que la evidencia de lo limitado de las ciencias exactas que un día se desencorsetarán y completamente desnudas concluirán exactamente que dos y dos SOLO pueden ser un hermoso cuatro o un cuatro daltónico o un cuatro de mierda o el cuatro que a vos te dé la gana. Sé la excepción, mi querido Armando, pero no la excepción que viene a confirmar la regla. Todos en nuestra excepcionalidad venimos a confirmar lo establecido, aunque no lo pretendamos. Marina vuelve, Marina se va, como todas las demás Marinas que hay en el mundo, es la condición natural del mar, que va, que viene, *and dance me to the end of love.*

—Solo que esta es la Marina que a mí me importa y por tanto la hago única.

—Y escuchás en la radio una canción que habla de todas las demás…

—Salvo que yo la hago mía.

—Es la Historia, la estructura si querés, niño universitario, la que construye la realidad que tú entiendes como tu realidad.

—¿Y entonces?

—Entonces seamos conscientes de que la realidad, la verdad, no existe, está construida desde el poder para sostener ese poder. Marina se va, aunque los dos hemos sido testigos de que *en realidad* Marina vuelve. Y a partir de ahí cuestionémoslo. Cuestionemos todo. Cuestionemos incluso que Marina se vaya o que haya vuelto.

—Pero Marina se va.

—Entonces ya te has resignado, hermano. Tenemos que ir de lo imaginario a la política, de la política a la meta-política y de la meta-política a la poesía, que dice Norman Brown. El problema es que vos sos un poeta… y vuelta de nuevo.

—Todo esto te pasa por desayunar tostadas, lo sabes, ¿verdad?

—Todo esto te pasa por estar enamorado… lo sabés, ¿verdad? ¿Por qué no subís a buscarla… o por qué no esperás a que baje y os vais juntos a la Facultad? ¿Vas a pasar el último día con Marina como si fuera el primero sin ella?

—El último día con Marina…

—Es menos dramático de lo que suena. Es más cotidiano de lo que ahora te parece y, más aun, no es ni por asomo tan definitivo…

4.

Reconozco que como fantasma de las Navidades pasadas dejo mucho que desear —se dice Marina frente al espejo del cuarto, voyeur involuntario de los últimos meses, desde que decidieran mudarse más cerca del centro, más cerca de la Universidad, más cerca de sus propios reflejos, por si fuera eso, una nueva dirección, un trocito distinto de ciudad tras la ventana, unos nuevos vecinos con los que cruzar una mirada protocolaria de rellano de escalera, lo que buscase Marina y lo que Armando, tan solícito, le concediera, además de los atractivos que aporta un alquiler más barato, un segundo izquierda sin ascensor. A veces basta con girar el objetivo, con encuadrar de nuevo (¿con mirar a otro lado, Marina?); se pregunta ahora qué se siente tan lejos, al otro lado del océano, por ejemplo. Aun así, Marina no quiere ser ese rostro que se le aparezca a Armando en un momento de debilidad, en un descuido, en una Navidad, por ejemplo, de fantasmas o de camas vacías, se le ocurre mientras que del otro lado del espejo, tras ella misma, la cama, perfectamente cubierta, en eso Armando, tan niño bueno, parece casi un vestigio arqueológico de los cuatro años que ambos llevan, si no durmiendo juntos, sí al menos soñándose juntos. No quiere ser el rostro que se guarda para los momentos inoportunos, pese a que Marina sabe, como saben las fotógrafas, que los rostros siempre permanecen, aunque vayan perdiendo los nombres. «Perdona, tu cara me suena, sé que te conozco, pero no recuerdo tu nombre», es capaz de suponer Marina, que cinco, diez, veinte años, ¡cuánto tiempo necesita un rostro para dejar de ser un nombre!, Armando se olvide. Esa mínima y breve esperanza que le queda siempre al que huye, que se olviden de una, que se pase, que tan solo un rostro como el que ahora le mira fijamente desde el otro lado del espejo, con su mismo pelo lacio, amarillo, eterno, que apenas deja espacio para el mar en sus ojos, la nariz desafiante, los labios breves, los pómulos de la delgadez de quinto de Filología, de rubio de virginia, de botellas y exámenes finales, de Baudelaire, de Cobain, de Modigliani. Este mismo rostro del apellido impronunciable que un abuelo industrial, checo, judío, anticomunista, le dejase en herencia, con el interrogante que siempre viene acompañado: «¿Se pronuncia así?, ¿de dónde te viene ese nombre?». ¿Cómo huir de las interrogantes, Marina, si tú misma eres toda una interrogante? Mejor olvidarlo, Marina. No le des más vueltas. Mejor ser el rostro de las noches sin dormir.

Marina desaparece del espejo cuando abre el armario y observa casi desolada su ropa colgada, como cadáveres ahorcados se le ha venido a la mente de inmediato, mezclada con la de Armando como se han ido mezclando los olores, los gustos, los libros. Marina casi es Marina más Armando, una progresión aritmética hacia el infinito de la indefinición. O tal vez amar sea eso. Pero no, Marina se defiende de sí misma. Se niega resultado, se subleva polinomio de lados irregulares, imprevisible concatenado de niña de barrio alto, de ángulos afilados en las caderas, de esdrújulas afirmaciones de identidad y padres frustrados ya cuando, a los cinco años, Marina quiso ser barrendera y se pasaba las tardes barriendo detrás de *la chica* que divertida la llamaba «señorita» y le advertía y sus padres le apuntaban a clases de piano y de inglés avanzado. Cuando Marina a los doce se inscribió en un equipo de fútbol en lugar de montar a caballo como incluso montaban las niñas de los recién llegados, de apellidos comunes y maneras de pequeño burgués. Cuando, por fin, mostrando un profundo desprecio hacia el negocio familiar, se matriculó en Filología y se marchó de casa y trabajó de camarera o en una triste tienda de fotografía del *barri*, y su padre lloró encerrado en su despacho tres días aunque nunca lo admitiera. Cierra de golpe el armario lleno de cadáveres de ella misma, y otra vez Marina mirando desde el lado cómodo del espejo, a la espera de que alguna de las dos acepte que, en realidad, ya se ha marchado del mismo sitio tantas veces que cabe preguntarse si en algún lugar se amontonan todas las Marinas sedentarias que van quedando mientras la Marina del lado oficial de los espejos hace cada vez la misma maleta, con la falsa ilusión de quien espera un comienzo. Las diez y cuarto y debería pasar por la Facultad para repasar un par de notas, para eludir un apartamento lleno de Armando, para cruzarse por el estudio del Viejo y pedir el penúltimo consejo que hoy tampoco sabrá pedir.

5.

«Esto te pasa por estar enamorado», dice el viejo Zacarías Olite en la mente de Armando. Como si fuera posible no estar enamorado, no ya solo de Marina, no estar enamorado, así, sin más. Y, por eso, Jeff West: El problema de quienes no están enamorados es que no están enamorados… Mientras, el vagón camino de la ciudad universitaria va menguando su media de edad como parece menguar también Armando recostándose en su asiento, pensando el ultimo día con Marina y, por supuesto, no ha subido a buscarla para ir juntos a la Facultad, ni ha salido corriendo del Salamanca para abrirle la puerta, ni le ha pedido que no se marche. Que no es tanto Raúl, y él lo sabe, y mucho se teme que el propio Raúl también sepa, que no es tanto investigar a una autora y su literatura por la que jamás pasó Uruguay, que es más bien él mismo, ellos mismos, y entonces da la impresión de que todo este tiempo con Marina ha sido irreal, ha sido una mera ilusión, un malentendido, si es capaz de acabar así, sin más, si mañana a esta hora Marina volando y él volverá a tomar el metro, quién sabe si incluso este mismo tren, este mismo vagón, este mismo asiento desde donde se queda mirando fijo a los pasajeros que suben y bajan como en un infinito baile, como si una cancha de deportes en donde cambian los jugadores. Volverá a pasar por estas mismas estaciones como si la vida fuera una sucesión de paradas de metro y Marina al otro lado del Atlántico, todo un enorme mar separándole de Marina acuática, Marina sirena, Marina escurridiza como un pez que esquiva el anzuelo con el que pretenden atraparla, como un pez que aletea y se revuelve (Marina vuelve); cuando el pescador lo consigue, por fin, consciente de la efímera gloria que supone notar el aleteo de Marina entre las manos, sabiendo, como saben siempre los pescadores, que esa piel húmeda, huidiza, solo se siente por unos segundos, que Marina vuelve al mar o lo atraviesa volando, que Marina es por un instante. ¿Y, entonces, habrá merecido la pena? Armando se ve reflejado en su propia sombra tirada por el suelo del vagón.

6.

Leíamos a Jeff West a quien idolatrábamos casi como al Viejo, o como a Woody Allen, o como a Zappa, esa búsqueda del mito que nos diferenciase y que en realidad era otra forma de crear nuestro propio ethos. Aún faltaban unos años para que descubriéramos los perjuicios de la poesía pero por aquel entonces aún Jeff West, de mano en mano en la edición de Gustavo Rojas, lo que nos hacía creernos todavía más eruditos por los giros latinoamericanos que empezamos a adoptar, imitando incluso el acento en el momento de mayor paroxismo histriónico. Jeff West reclamaba en una entrevista la necesaria aparición de un Che Guevara de la literatura que revolucionara el academicismo casi decimonónico que impregnaba todavía (todavía era 1969 para Jeff West) la Literatura Universal, para poner cabeza abajo los cánones encorsetados en donde una novela no puede ser un ensayo, ni mucho menos un poema. En donde una novela responde a una concepción mental que requiere un discurso más o menos hilvanado, un desarrollo más o menos lineal, un significado más o menos comprensible de tal modo que una primera lectura sugiera, una segunda aclare y una tercera ni siquiera sea necesaria salvo por el puro placer del regodeo literario. Para nosotros romper con todo aquello representaba ineludiblemente hacer también la revolución del lenguaje. Algo que por otra parte ya los dadaístas o Rimbaud por no irnos más lejos aún, a quienes, por otra parte, también devorábamos sin contemplaciones. Entonces Huidobro al que le asqueaba prever todos los adjetivos que acompañan a todos los sustantivos (todas las palomas son siempre blancas y puras) y se arriesgaba con una paloma miércoles, con un miércoles hospicio, con un hospicio paloma. Cierto que hablar de revolución en Estados Unidos podría tener su lado trasgresor, quizá menos en California, y menos aun en 1969, pero a nosotros nos resultaba de lo más provocativo reivindicar una ruptura con las normas convencionales del lenguaje, de tal modo que, sobre todo a la hora de escribir, pudiésemos construir, o deconstruir (se decía treinta años después de Jeff West) un discurso inclusivo y, por tanto, difícil de catalogar. Así, nuestros exámenes, nuestros ensayos, nuestros cuadernos de campo, estaban llenos de lo que llamábamos irrupciones de lo inesperado, que en la mayoría de las ocasiones era lo único que podíamos aportar a un sistema educativo por otra parte obsoleto y agotado, no sin dejar de admitir que en la mayoría de los casos ocultaba también la falta de elaboración o la ausencia de estudio, lo que casi siempre conllevaba unas pésimas calificaciones que, en cierto modo, transformábamos en revolucionarias también; frente a la repetición del discurso aprendido, nosotros aportábamos el fracaso de la innovación. Eso era Zacarías Olite para nosotros: la evidencia de la derrota. De ahí la fascinación que nos causaba. Podíamos vernos a nosotros mismos, cuarenta años después, alcoholizados, envenenados por un amor olvidado, sumidos en nuestra propia locura de artistas sin éxito. Eso era justo nuestro futuro ideal, idealizado más bien. Pero Marina se va. Y llega el metro a la Ciudad Universitaria con Mont Vermell al fondo. Y Armando enciende un cigarrillo más saliendo a la superficie.

7.

El 3 de Castillo i Picò está lo suficientemente cerca de cualquier otro lugar como para no dejar pasar la oportunidad, al menos un par de veces al día, de bajar al estudio que el Viejo tiene en el sótano. El olor suele ser bastante desagradable, a amoniaco y a varias tonalidades de azul nada más entrar en el portal, e incluso alcanza hasta el cuarto piso, lo que ha supuesto las quejas de toda la comunidad de vecinos, que no tienen por qué permitir, por más que sea un reconocido artista, «que si te digo la verdad nunca he oído hablar y eso que a mí el arte, pero no ese arte moderno que ni es arte ni es nada», y alguna que otra vez han tenido que hacer una llamada al timbre, una queja verbal o por escrito, una advertencia de la Policía, de que no se puede consentir. Desde hace, además, un par de años hay un grupo de muchachos que se reúnen allí y vaya usted a saber y seguro que drogas y todo todos juntos. Por eso cuando Marina ha llegado esta misma mañana, uno de los vecinos se le ha quedado mirando un poco inquisidor, un poco como miran los vecinos a las chicas de veintitrés, y le ha advertido de que tomaría medidas a la mínima, a lo que Marina ha respondido con el desdén de las chicas de veintitrés y ha seguido bajando la escalera hasta el sótano y ha llamado y ha esperado y ha besado a Zacarías Olite en la mejilla cuando se ha abierto la puerta, y la ha vuelto a cerrar tras de sí sin que nada de ello parezca haber constituido la más mínima a los ojos del vecindario, para decepción de la propia Marina y seguro que del vecino también.

—No sé si es ese verde pero… —intenta explicar el Viejo, como si tuviera que dar alguna explicación a Marina, frente a la tela aún chorreando.

—¿Por qué no tiene rostro?

—Todavía no sé quién es —miente el viejo Zacarías Olite y Marina lo sabe porque le intuye en la mirada desde casi el primer día que se conocieron. Sabe que ella misma le debe recordar a alguna mujer, tal vez una antigua amante, sabe que no es ella la mujer del cuadro aunque sea su cuerpo, sean sus manos, sea su pelo cubriéndole la cara, sea ese cielo verde, que a ella tampoco le convence, tal vez porque lo ha dicho el Viejo, tan manipulador, tan voz autorizada para todos ellos, que necesitaban de alguien que les dijera que equivocarse no tiene importancia, él mismo, el peor ejemplo a seguir, convertido en algo así como gurú de un puñado de críos dispuestos a cometer todos los errores del mundo antes de cumplir los veintisiete. Arrojarse al abismo al que también se asoma la mujer del cuadro dando la impresión de que a la mínima… Marina sonríe con su propia ocurrencia. El Viejo encendía otro cigarrillo mirando a Marina mirar el cuadro para formar una especie de triángulo que completara Buenos Aires, Montevideo, el 3 de Castillo i Picò, cosas del azar, de la alquimia, piensa Zacarías Olite que, aunque no lo nota, ya presiente ese olor nauseabundo capaz de transformar cualquier metal en oro, cualquier muchacha rubia en una antigua amante.

—¿No vas a la escuela hoy?

Marina se sienta en cualquier parte del suelo, pegajoso y sucio, casi frío. Puede que solo con él no se sintiera obligada a mostrar la Marina decidida, pelín arrogante, la Marina de frases acertadas cuando las cervezas de la madrugada empiezan a provocar esa somnolencia como de mundo inabarcable. Solo con él puede ser la Marina insegura, que a veces llora, que a veces necesita de un dedo índice que le vaya dibujando el rostro, muy despacio, como para sentirse presente, como para notar que va tomando forma en el espacio, como hace Armando aprendiéndola en los momentos de calma después del amor. Como todavía no ha hecho Zacarías Olite en su cuadro de la mujer sin rostro.

—Cuéntame de Montevideo.

8.

—…porque es una auténtica falacia pretender, a partir de un racionamiento meramente descriptivo, sacar conclusiones categóricas. Para el Círculo de Viena, por tanto, es imposible tener una referencia del mundo sin un conocimiento previo del mismo.

—Lo que por otra parte es bastante lógico —le susurra Torrellas a Raquel acercándose tal vez demasiado. A lo que Raquel responde frotándose la oreja porque ha sentido algo así como cosquillas y Torrellas lo sabe.

—…un conocimiento previo que debe ser sensorial, por tanto — vuelve a insistir el doctor Cardona, para quien decir «por tanto» es casi una forma de autoafirmarse en el empirismo— solo aquello que pueda ser empíricamente comprobable o susceptible de ser falsificado, tendrá sentido. La Filosofía se reduce entonces a un conjunto de proposiciones y enunciados. Ahora bien, ¿creen ustedes que un enunciado como «te amo» puede constituir una conclusión categórica? ¿Puede ser una proposición verdadera dentro de una lógica proposicional? ¿O más bien «te amo» carece de cualquier tipo de lógica? Más aun, cabe pensar que «te amo» será solamente válido en cuanto a estructura gramatical, pero no en cuanto a la veracidad de la información que aporta? O tal vez «te amo» no dependa de uno solo por más que uno se empeñe y solo exista amor cuando sea correspondido.

—Están locos estos hermenéuticos —vuelve a decir Torrellas, que realmente no está escuchando.

Esta vez no lo dice tan cerca ni en voz tan baja con lo que Nicole, al otro lado de Raquel, también oye y más aun responde:

—Esto no es hermenéutica, es positivismo.

—Una actitud muy poco positiva la de la pelirroja —le confiesa Torrellas a Raquel desde el otro extremo para que la pelirroja escuche y se sienta aludida.

—Te dije que no entraras —dice Raquel sin poder reprimir una sonrisa.

—Y si no es hermenéutica, ¿por qué tienen todos esta pinta de prepotentes?

—Esta no es tu clase —protesta Nicole.

—Ni si quiera es su Facultad —aclara Raquel.

—Deberíais agradecerme que esté aquí para protegeros de todos estos hermenéuticos, algo que por cierto debería hacer tu novio —dirigiéndose a Raquel—, quien siempre tiende a desaparecer ante las amenazas filosóficas.

—No necesito un novio que me proteja, me basto yo solita.

—¿Y para qué necesitas un novio?

—No necesito un novio —Raquel está empezando a ponerse un poco nerviosa y ha alzado demasiado la voz, lo que provoca que el doctor Cardona fije la vista al frente, a través de sus gafas de ministro de la UCD, escrutando de dónde puede haber surgido esa maravillosa declaración de independencia.

—Es posible que alguna de ustedes no necesite un novio, pero yo si necesitaría algo de silencio para Heidegger —Y el silencio se hace forma hasta que el doctor Cardona comienza de nuevo.

Y Torrellas, que una vez leyó alguna cosa, justo ahora se acuerda:

—Heidegger era un nazi.

—No tienes ni idea —responde pelirrojamente Nicole.

«Me estáis hartando los dos», escribe Raquel en su cuaderno, de tal modo que ambos puedan leerlo y así pareciera que incluso estén atendiendo al siempre aburrido doctor Cardona. «No me parece una proposición válida en este contexto», escribe Torrellas justo debajo, a lo que Nicole asiente y vuelta a empezar hasta que Cardona o las 11 de la mañana o que ya es hora de cafetería…

9.

—Montevideo es como cualquier ciudad a la que quieras huir. Con su plaza de Montevideo, su parque de Montevideo, su biblioteca de Montevideo. Pero también hay vidrieras con reflejos y cielos con aviones que cruzan y noches con insomnios, Marina —Y Marina siente algo como un escalofrío. Es la primera vez que el viejo Zacarías Olite le llama por su nombre—... la vida suele ser algo bastante complicado. Tenía un amigo, fíjate, hacía años que no pensaba en él, que siempre decía que vivir consistía en elegir de entre infinitas posibilidades y que todas concluyen en una: nos vamos a morir. Y como somos conscientes de ello a veces nos abruma, otras veces nos la pasamos intentando disfrutar todo, no vaya a ser que llegue el momento y nos encuentre sin haber vivido, a veces tenemos la sensación de que podemos controlar el mundo y otras nos sentimos arrojados a él, abocados. De cómo respondamos ante eso depende nuestra existencia y, claro, no es fácil, ni creo siquiera que sea posible dar con una respuesta correcta. Y de repente Montevideo. No creo que Montevideo sea una respuesta en sí misma, y vos lo sabés. Montevideo te da exactamente igual. Pudiera ser cualquier otra ciudad, Montevideo es cualquier otra ciudad en la que no está Armando, o más bien en la que eres sin Armando. Montevideo es el destino de ese otro muchacho...

—Raúl.

—Raúl... y te inventás que querés ir con él, imagino que para darle algo así como una cobertura lógica: «Me he enamorado de otro, te dejo, me marcho con él»... entra dentro de los parámetros posibles de cualquier melodrama de final del siglo XX. Y te inventás incluso que podés estudiar algo relacionado con tu investigación sobre una escritora catalana exiliada en París... ¡en Montevideo! —Marina sabe que no debe sonreír cuando el Viejo entra en el papel de padre o lo que sea que esté interpretando ahora porque, él mismo lo sabe, es todo una fachada para parecer más interesado de lo que realmente está, para evitar recordar que él mismo optó por la huida como Marina le recordará en unos minutos—. Es terriblemente absurdo salvo para ti misma, e incluso creo que también a ti misma te suena a excusa barata. Pero el ser no es una realidad, dice Sartre, es una posibilidad… y otra vez tenés que elegir, niña, y elegiste, y me preguntás por Montevideo cuando en realidad te tenés que preguntar por esta maldita ciudad en donde no pasa nada si vos no le das un significado. Esta ciudad tiene una plaza, un parque, una biblioteca, pero no es Montevideo y no es solo una cuestión de coordenadas geográficas.

—No sé. No tengo miedo, es incertidumbre. Es esa sensación de que dejas de controlar, de que estás a la espera, de que no sabes qué puede pasar y eso me genera inquietud. Y por otro lado siento que tengo que irme, no sé exactamente por qué, solo sé que quiero irme. Aunque Armando…

—Ese es el principal problema, que nunca lo vas a saber de antemano, que tenés que actuar para poder valorar si estuvo bien o mal. Pero en algún momento hay que tomar una decisión, y no hacer nada también es una decisión. Sin embargo te vas mañana, mañana por la mañana, y eso no quiere decir que ya hayas decidido. Es lógico que Armando esté mal, está en su derecho, incluso a intentar pelear por una relación en la que él aún cree. Las relaciones vienen y se van, se acaban, punto, chau, no pasa nada. No creo que el problema sea precisamente que esta relación se haya terminado, si es que realmente se ha terminado. —Y aquí Zacarías Olite hace una pausa con la excusa de otro cigarrillo, esperando que Marina, pero Marina prefiere guardar un prudente silencio y Zacarías Olite continúa tal vez a su pesar.— El problema es que cada una de esas posibilidades genera otras tantas y así hasta el infinito… es terrible. No podés valorar todas y cada una de las consecuencias… es imposible… así que solo valorás dos, tres, y a partir de eso decidís. Puedo ponerle un rostro a la mujer del cuadro, definirla, limitarla, y solo sería un engaño, algo temporal. Pinto un rostro y ya, se acabó. Pero no, porque cuando alguien lo vea se preguntará: «¿Quién es la mujer del cuadro?» Y otra vez queda abierto.

—¿Quién es la mujer del cuadro?

El viejo Zacarías Olite se sacude la ceniza que le ha caído en el pantalón, consciente de que si tuviera veinte años menos aún tendría veinte años más que Marina y prefiere sonreír un poco triste, recorrer una cortina que permita entrar un poco de sol y un poco de nube. Se gira casi en una pose teatral, se arrepiente de haber dejado entrar en su vida a esta niña alguna vez, y se encoge de hombros.

—Tú también dejaste a alguien en Buenos Aires, ¿verdad? —añade Marina.

—Nuca se deja a alguien del todo. Y menos a alguien que te importa. Y menos en Buenos Aires, que tiene la costumbre de no marcharse nunca de uno. Si te vas pensando que le vas a olvidar te puedo garantizar que no va a ser así, que vas a seguir encontrándolo en cualquier sitio, cada vez un poco menos, cada vez con otros nombres, con otra edad, con otra forma de… sentarse en el piso. Llega un momento en que parece que lo has olvidado, que ya por fin, que llevás meses, años, en que los días de la semana son simplemente los días de la semana, en que los nombres de las calles no son más que nombres de muertos, en que mirás por la ventana y ni una sola de todas las personas que el azar puede hacer que pasen justo por delante de tu mirada te recuerde… y entonces, justo hay una décima de segundo, una milésima de segundo, hija de puta, y ya está, y otra vez… Es verdad, hubo una mujer —Ahora Marina se siente incluso culpable—. Y no estoy muy seguro de que sea la mujer del cuadro. Y tampoco fue el motivo principal, Argentina en el 55… yo no era peronista, ni lo he sido nunca, pero no era un lugar muy seguro, tampoco como para desarrollar una carrera o algo parecido, imaginá, esos brochazos locos, casi como pintar en voz alta. No, no tenía demasiado sentido. Y ella poseía algo más, no sé cómo decirlo, consistente. Era músico. Acababa de recibirse. Entró en la Orquesta Nacional, algo temporal, pero cuarenta años después parece todo más idílico. Confuso, también. A veces creo que invento. A veces hasta creo que la invento. Estaba lleno de dudas, igual que vos lo estás ahora. Yo tomé una decisión. Y vos ahora tenés que tomar la tuya.

—Bueno, te fue bien. Hoy te dan un premio y todo.

Con esta luz, incluso con esta nube, el pelo puede que un poco más claro, pero la misma forma de ladear la cabeza —piensa el Viejo—, de colocar ese mechón de pelo tras la oreja, de esperar una respuesta que en realidad nunca supo darle. No sé si es egoísmo o que es imposible tomar una decisión sin que por eso se altere el equilibrio de las cosas en equilibrio, de las cosas ufanas que se creen para siempre, como si para siempre no fuera más que otra de esas mentiras que nos decimos para llevar una vida un tanto más cómoda. No sé si es egoísmo pero priorizar es siempre a pesar de. Nunca sabremos reconciliar-nos con nuestro pasado, nunca sabremos, ahora que el futuro comienza en unos meses, conformista, inevitable, que nos referiremos a nuestra propia vida como a algo que ha sucedido en el siglo pasado, con todo lo que ello conlleva de simbólicamente lejano, te amé en el siglo pasado no tiene cabida ante las puertas de logaritmos infalibles y máquinas de la verdad que nos traerán una nueva costumbre, nuevas formas de dudar, una brizna de milésima hija de puta en los ojos de esta niña, tirada en el suelo del estudio, preguntando por un cuadro que sí, Marina, sos vos, y no, sos el rostro que falta para completar cuarenta años de huida, un océano de tiempo, la tranquilidad del espectador que espera encontrar la lógica de un rostro donde debe haber un rostro. Sos el viaje de vuelta, Marina. Y con gusto te largaría de aquí, o te besaría, o te diría no te vayas, como no se ha atrevido a gritar el pobre Armando hace apenas un rato, o te diría vete, es lo mejor, es lo más fácil, es lo que todos estamos esperando.
—¿A qué hora es la entrega?

—A las siete. ¿Podrás venir?, ¿tenés que ir al trabajo?

—No, ya lo he dejado —y casi en un susurro—: mañana me voy.

10.

Te quiero, ha escrito hace quince minutos ya y no sabe cómo seguir, ni siquiera sabe si quiere seguir. ¿Qué más se puede añadir a algo que siempre es absoluto? Te quiero en el ondulado azul de las letras. Te quiero en el olor a ti de mi propia ropa. Te quiero en esta ciudad que hacemos nuestra como si llevara implícito poder no quererte en cualquier otro lugar. Como si la ciudad no fuese un mero complemento circunstancial de lugar sino un atributo imprescindible. En todo caso te quiero, no hay más que añadir. Y si te quiero, entonces, ¿por qué me voy? O peor, ¿por qué quiero irme? ¿Por qué esta necesidad de alejarme de ti que ni yo misma soy capaz de comprender? Se lleva el boli a los labios. Lo muerde. Tamborilea contra la mesa, algo que irrita a otro de los usuarios de la biblioteca que mira como miran los usuarios irritados de las bibliotecas. Marina deja de golpear. Busca en todas partes como para encontrar una forma de seguir la frase. Como si la respuesta a lo que busca estuviera entre todos esos libros de la sección de investigadores, semivacía no solo porque no es época de exámenes, sino porque investigar sobre Humanidades es un acto que lleva intrínseco el vacío. Te quiero sigue diciendo la página. Porque le quiero, sí. Y a pesar de ello necesito, no sé, un tiempo, un espacio, que pueda considerar míos. No me siento anulada con Armando, ni estoy cansada de él. No sé qué es... Marina busca una justificación para no sentirse horrible, para no creer que le abandona cuando es exactamente eso, aunque es consciente de que Raúl es solo una excusa, de que Montevideo es una excusa, de que la mejilla sobre el puño y el codo sobre la mesa es una excusa para no seguir escribiendo. ¿Por qué necesitas una excusa, Marina? Tras los cristales la ciudad tiembla en un escalofrío de Vesubio en erupción, el cielo se llena de una de ceniza pegajosa que va cubriendo las aceras, los autobuses, todas las promesas.

De los estantes volúmenes milenarios caen al suelo de la sala de investigadores con la fragilidad de lo intemporal y la vetusta malinterpretación que dan generaciones de lectores. Un terrible bramido, risotada de los dioses, deja sorda esta Pompeya desde la que Marina se empeña en seguir escribiéndote sin escribir. Y se empaña el aire, y se vuelve irrespirable aunque el resto de usuarios de la biblioteca no parezca notarlo, ni parezcan dispuestos a la fuga conscientes tal vez de que no dará tiempo, del inminente final de los tiempos, aunque el volcán lleve varios días anunciando lo inevitable y nos haya dado la oportunidad de inventar una excusa más o menos creíble para emprender la huida. La ciudad quedará sumergida en un mar de vómito de madre tierra y lava y fuego eterno bajo el que lo cotidiano de una mesa puesta, de los autos aparcados, de los exámenes finales, serán meras anécdotas petrificadas en el recorrido turístico de los viajeros del tercer milenio. El cielo se cubre de artificiosa noche en el trocito de mundo, que es todo el mundo, visible por la ventana del tercer piso de la facultad, de tal modo que un insignificante rayo de sol rebota débil en la pared y muere sobre el pupitre de Marina, que lo observa agonizar, amarillo y ceniza, sin poder evitarlo. Marina cierra el cuaderno en donde ha escrito te quiero y nada más. Pompeya se derrite en el silencio de las bibliotecas. En la mesa del fondo alguien pulsa repetidamente el interruptor de la luz sin que por ello se encienda la bombilla. Esas pequeñas frustraciones.

11.

Torrellas seguía calificando a Heidegger de nazi miserable, «como si hubiese otro tipo de nazis» subrayaba Nicole, dispuesta a no darle la razón en nada. Raquel no quiso entrar en que Heidegger posiblemente se definiría en sí mismo mientras el humo de la cafetería de la Facultad, siempre tan prisas y cigarrillos apresurados de entreclases, era el anticipo de discos y libros y revoluciones de vasos con agua donde, en cualquier momento, alguno de La Penya, por ejemplo, «mira, tu novio», dice Torrellas al entrar señalando al novio de Raquel sentado a una mesa, leyendo *El País*, saludando con el dedo índice cuando levanta la vista del periódico y mira a Raquel con la naturalidad de lo esperado y vuelve a la lectura sin más, esa rutina de novios rutinarios aunque no se han visto en toda la mañana. Toda la mañana era lo que normalmente pasaba el novio de Raquel en la cafetería, a no ser por alguna de las pocas clases en las que coincidía con alguno de la Penya o las de política latinoamericana, rarezas que compartía con Armando quien, al otro lado, apoyado en la barra, esa sonrisa aparentemente cansada que solo él, mientras enciende un cigarrillo, parece escuchar con fingido interés; Raquel conoce a la perfección esa pose, las previsibles idioteces del escote de Gordon's y de la propia Gordon's que habla y se toca el pelo al mismo tiempo como esas muñequitas de barrio alto, de las que funcionan a base de repetir frases cortas y, sí, a Raquel no le gusta Gordon's, y a Armando tampoco, o por lo menos no le conviene, se dice acercándose a la barra luego del encargo de un par de cafés para los demás que ya se alejan hacia la mesa que ocupa el novio de Raquel.

Raquel, pelín sinestésica, siempre ha relacionado a Armando con la arena de la playa, consciente de que por más que pretende asirle siempre se le escapa por entre los dedos. Armando es a los ojos de Raquel la inestabilidad de las construcciones de arena, el barro blando de después de que suba la marea y se trague cualquier intento de inmortalidad surgida de un cubo lleno de playa. Raquel es demasiado sensata como para saberse la niña que mira con resignación cómo el castillo de arena se desmorona cada vez que lo cree irrompible y, a pesar de ello, vuelve a construirlo para que de nuevo el mar... Fue precisamente el novio de Raquel quien le presentó por fin a un Armando del que ya había oído hablar tanto que casi no le sorprendió que, efectivamente, Armando fuera tan envolvente como su novio le anticipara, incluso le advirtiera. El novio de Raquel lo había conocido en los primeros días de la Facultad, coincidieron en algo sobre Introducción al método de análisis antropológico, asignatura cuyo título por sí solo es una invitación a huir a la cafetería en donde Armando, colegio jesuita, central de las categorías inferiores en un equipo de futbol, cierto aire somnoliento entre Bob Dylan y cualquier secundario de David Lynch, citaba a Woody Allen con pasmosa facilidad y la misma ironía. El novio de Raquel se dejó enamorar de inmediato, igual que él se convertía en el referente cultural de Armando con esa pose, porque mucho de pose hay en el novio de Raquel, de intelectual miope y leído fruto de una triste y solitaria infancia de niño huérfano a los dos años, tío severo y fascistoide, veranos aprendiendo inglés en la Irlanda que queda al sur de Nicole. Se compenetraron tan bien en ese primer café que la Facultad para ellos era el espacio que rodeaba a la cafetería, en donde, pronto, junto a los demás del grupo, se estableció una especie de escuela presocrática en la que intercambiar experiencias en torno a ellos, que casi son uno solo. Armando es la sonrisa, mientras que el novio de Raquel es la mirada. Armando es el encanto que al novio de Raquel le falta, este es la palabra precisa que debería pronunciar aquel. Para Raquel son números complementarios de una sucesión cualquiera que comienza en la Facultad de Letras y tiene visos de no acabar bien. Raquel se siente culpable cada vez que pretende buscar en el uno ese gesto más bien del otro, cuando se sorprende a sí misma creyendo estar hablando con cualquiera de los dos cuando en realidad responde el otro, cuando, en ocasiones, se ha imaginado con Armando pese a tener un novio digamos oficial, pese a Marina y pese a todos los inconvenientes que la imaginación supera con facilidad. Castillos de arena que nunca serán más que eso, se contiene Raquel, que conoció a su novio, y entonces solo era un chico interesante, unos meses antes que a Armando, quien justo empezaba a salir con Marina por entonces y entre los cuatro surgió una de esas relaciones de amistad que agotan horas intempestivas en los bares, hojas de cuadernos, paquetes de tabaco, y con eso le bastaba. Incluso vaciló cuando el novio de Raquel se convirtió en el novio de Raquel casi como consecuencia lógica de la proximidad con la que se trataban para el criterio del resto, *pese* a la proximidad con la que se trataban para el criterio de

Raquel. Aun así, el complemento perfecto. El novio de Raquel es la versión menos comercial de Armando se dice Raquel, que está suscrita a *Ajoblanco*. Parada justo a la misma distancia de la barra que de la mesa en donde su novio lee sin prestarle más atención que a la columna de Haro Tecglen, observa que Armando ya se ha fijado y le ha sonreído por encima de la cabeza de Gordon's, quien se gira hacia ella un instante con la indiferencia de las chicas guapas. Es inevitable no enamorarse de Armando nada más conocerle, igual de inevitable que es no enamorarse del novio de Raquel una vez que lo has conocido.

12.

Llego justo para que Gordon's me dedique una caída de ojos y un «hola Raquel» que quiere decir «hasta luego Armando», quien me llama «preciosa», como otra forma de despedirse. Y otra vez me pregunto qué hubiera pasado si hubiese conocido antes a Armando que a él, aunque sé que en realidad son dos caras de la misma moneda, ahora que les tengo en el mismo ángulo, y Nicole y Torrellas ya se han sentado y aun así parece como abstraído, en eso Armando más sociable, se despide de Gordon's con amabilidad, me sugiere un café y pedimos cuatro, avituallamiento interdisciplinario para La Penya, amén de las interminables charlas o el chocolate de Suso o los discos de Salva, y ahora que ya se ha ido Gordon's:

—¿Qué?, ¿cambiando de registro? Seguro que Gordon's es la más indicada para sustituir a Marina, si es que es eso lo que pretendes. Un cociente intelectual como el suyo debe ser lo más opuesto que puedas encontrar a Marina.

—A tu novio tampoco le gusta. Estáis hechos el uno para el otro. No pretendo sustituir a Marina, pero no seas así, Gordon's también tiene sus bazas. A tu novio tampoco le gusta. Estáis hechos el uno para el otro.

Y de repente como si todo existiese afuera de las palabras. Como si cobrara forma una especie de miedo que viene de antes, de antes incluso de que Gordon's también tuviese sus bazas. Un miedo a la posibilidad. A preguntarme a mí misma si, pese a que estamos hechos el uno para el otro, no será que él no era sino la opción fácil ya que Armando y Marina, y una vez que Marina deja de ser parte de la ecuación también él sobra. Ahora que *El País* le tapa el rostro y no estoy demasiado segura de cuál de las dos caras de la moneda es por la que apostaría, ahora que Marina se va, que Gordon's tiene sus bazas, que yo misma… prefiero no pensarlo y otra vez Armando, esa frase que Armando no es capaz de decir porque Armando dice banalidades que realmente no me importan y que sigo sin escuchar y que son otra vez Gordon's.

—Tenemos una asignatura común —dice— y quedábamos para hacer un trabajo.

—¿Ahora se llama así?

—Siempre se ha llamado así —dice con la mejor de sus intenciones y con esa sonrisa distribuyendo los cafés sobre la barra.

Saca un billete. Guiña un ojo. Debo parecer tonta porque sonrío como una tonta y Armando se pregunta en voz alta si estoy contenta y le digo que siempre y me dice que es incongruente para una estudiante de Filosofía. Seguro, es lo único que se me ocurre decir con los cafés en las manos y los sobres de azúcar en el bolsillo de atrás que saco arrugados ya en la mesa y todos se reparten como si de un ritual pagano, porque en realidad se trata de eso.

—Hay una exposición de Heiztmann en la MZ —dice el novio de Raquel cerrando el periódico—. Podríamos ir.

—¿Heiztmann pintor o Heiztmann fotógrafo? —pregunta Nicole que siempre remueve el café sin hacer ruido.

—¿Acaso Importa? —pregunta Torrellas—. Cariño, somos intelectuales. Intelectuales y mediterráneos, algo, seamos sinceros, completamente incompatible, ¿crees que podemos permitirnos elegir entre un Heitzmann pintor y un Heitzmann fotógrafo? ¡Vamos a una exposición! ¡Vamos a la MZ! ¡Somos *cool*! ¿Qué importa lo demás?

—El Heitzmann fotógrafo —aclara el novio de Raquel, no sin antes aceptar la broma de Torrellas con un movimiento de las cejas—. No sabía que hubiera un Heitzmann pintor —añade para que Nicole aclare, pero esta ya solo tiene una especie de ira contenida porque, por muy irlandesa y por muchas erres arrastradas que pronuncie, tiene muchos atardeceres mediterráneos en las venas y no puede aguantarse las ganas de…

—Estoy cansada de tanta infantil excusa de síndrome de inferioridad de los latinos. El lastre católico, los cuarenta años de atraso, la idiosincrasia del Quijote que ni siquiera habéis leído… No son más que una forma de autocomplacencia, Torrellas —aunque ya no hablaba solo para Torrellas—. Un pretexto para utilizar palabras bonitas en las mesas de los cafés sin más fin que el de escucharos a vosotros mismos. Sin contenido, sin reflexión, simple estética…

—Y si hubieses dicho sin ética en esa estética habrías escrito un poema —interrumpe el novio de Raquel sin poder esquivar el crochet de izquierdas que también le toca en parte y lo sabe.

—…solo un discurso vacío, bonito, no lo niego, acertado si quieres, un análisis, una interpretación y, si no te paras a pensar, hasta puede parecer convincente. Vale, pero después, ¿qué? Estabas aborreciendo la Hermenéutica hace un momento por inactiva y te limitas a aplicarla.

—La toma de conciencia es el primer paso —se defiende Torrellas.

—¿Y el segundo? —pregunta Raquel, más por interés que por echarle una mano a Nicole.

—¿Qué quieres que hagamos? ¿Una revolución? Lenin definió el papel de los intelectuales en la revolución: debemos despertar conciencias —atribuyéndose otra vez esa palabra, intelectuales, que tanto le gusta, que tanto nos gusta porque nos creemos que… —. ¿Qué es hacer una revolución? ¿Sacar los tanques? ¿Tomar la televisión? ¿Matar por una idea o que te maten?

—¿Teorizar? —pregunta Armando, que realmente no estaba siguiendo la conversación pero seguro le ha encantado que Nicole, a la que ve como a una niña, le saca cuatro años pero Armando tan leído, claro, que Nicole le haya llamado a él también autocomplaciente, aun cuando sabe que Nicole no se lo llamaría a propósito. Pero cómo no autocomplaciente, o no lo es el modo en que lleva arrastrándose los últimos días desde que Marina contó que se marchaba. ¿No ha sido autocomplaciente esta misma mañana, que será la última antes de que Marina se vaya? ¿Acaso no le aterra más un Armando sin Marina que su propia marcha, que Uruguay, que Raúl? ¿No ha sido autocomplaciente flirtear con Gordon's? Y la pobre Nicole, irlandesita loca, expresándose en español mucho mejor que nosotros mismos. Nicole, que ha estudiado en el British esas cosas que se estudian en el British y que suenan competentes. Nicole norirlandesa y republicana, británica y republicana, eso sí es probablemente incompatible y no nuestra resabida posición de intelectuales autocomplacientes. Tiene razón Nicole, hablamos para nosotros mismos, nos encanta escucharnos y cualquier otro nos aburre. Somos una suerte de elitistas de café y cigarrillos franceses y Chesterton y Cortázar que citamos como si la Biblia. ¡Qué contradictoria Nicole! Anglicana, atea y republicana en el reino en donde hasta los cuervos están al servicio de su majestad. Pero tiene razón Nicole, no somos activistas no seríamos capaces de poner más que por escrito, y con poco acierto, nuestras tres o cuatro ideas. Nuestras, claro, ¿acaso no es Nicole uno de los nuestros? Está en lo cierto, pero también Nicole se defiende de sí misma, de su cómoda vida de universitaria becada y Colegio Mayor.

—…no es necesario hacer una revolución. Ya bastante revolucionario es que nos demos cuenta de lo limitados que somos también nosotros. Que nuestro espacio se reduce a esta cafetería, a tres o cuatro libros que hemos leído, a dos o tres buenas ideas. Y a este café laxante…

—…que viniendo de una irlandesa debe ser un piropo hacia el café —termina Armando el párrafo, porque Nicole ya no sabe cómo acabar sin que resulte una derrota, que a los veinte años tiene además un plus de patetismo. A los veinte años todo deberían ser victorias—. El problema es que nos hemos acostumbrado a vivir en subjuntivo, en la esperanza del ojalá, de que cambien las cosas y seamos testigos. Tal vez deberíamos empezar a vivir en presente de indicativo.

—Mejor en gerundio —propone el novio de Raquel, siempre dispuesto a los juegos florales—. Vivamos en una acción continua, eso sí, a ser posible que sea esta la que nos mueva y no a la inversa, no vaya a ser que nos quiten este bonito sitio en la cafetería. Segunda ley de la dinámica: el que se mueve demasiado… noséqué.

—Más gerundios y menos subjuntivos —propone el brindis Raquel, alzando el café con poco entusiasmo. El mismo con el que Armando alza su vaso acompañando y después el resto.

Otra pausa que espesa el humo de los cigarrillos en donde pretenden encontrar alguna frase mejor. Torrellas todavía le da vueltas pero no se atreve a seguir y hace como que busca algo en sus apuntes, mientras Nicole se sujeta la cabeza con la palma de la mano dejando que el cabello se convierta en una cortina pelirroja que le tape hasta la nariz. Alguien grita en la mesa de al lado. El periódico tirita cuando Armando mueve la silla para acercarse un poco más y que se note parte del todo. Raquel toma la mano de su novio en lo que parece casi un gesto de autodefensa. Él le acaricia el dorso con el pulgar sin deja de mover convulsivamente la pierna derecha.

—¡Qué hijos de puta, tío! Nos venden hasta camisetas con frases del Che —Lleva una de esas puesta en este mismo momento—… y nos creemos que puede ser, que cambiaremos algo. El sistema está tan asentado que podemos tener una conversación como esta y ninguno va a acabar en un calabozo.

—Igual esta Facultad es un calabozo.

—Eso no. Una fábrica de licenciados, puede, pero no es un calabozo —interviene Raquel para evitar la tragedia—. Tenemos la opción de no volver. Mira ahí fuera. Podemos ser uno de tantos.

—Uno de tontos.

—Una de tintos.

—Pero Cuba no es una camiseta, por ahí no paso —dice Torrellas, que también se ha reído con el chiste y que no quiere rendirse sin luchar, igual que el resto pese a que a veces les dé por acabar sumidos en el pesimismo de la ironía—. Cuba es la constatación de un proyecto, la idea de que es posible hacer realidad un mundo, un espacio, no seamos grandilocuentes, en donde podemos equilibrar el desigual reparto de la riqueza.

—En Cuba se mueren de hambre —constata Nicole, ahora con muchas menos ganas de proseguir.

—En Cuba se mueren de capitalismo —pretende cerrar Torrellas.

—El mismo capitalismo, en todo caso, que nos hace morirnos de sueños a este lado del océano y que de paso nos vende los salvavidas en forma de camisetas, por seguir con el ejemplo, libros de autoayuda o carnet de socio de algún club deportivo por esa necesidad de sentirnos parte de algo.

—¿Qué clase tienes ahora? —le pregunta el novio de Raquel, consciente de que no está cambiando de conversación.

—Caracartón. ¿Vienes?

Pero el novio de Raquel quiere estar con Armando justo hoy y su novia no insiste mientras va recogiendo a poquitos los libros de encima de la mesa y los trocitos que le quedan: una mirada, esa sonrisa, un beso pequeño en la mano antes de soltarle del todo. Nicole ya se ha levantado también, y ahora Raquel va quedando del lado en el que su novio es una especie de desconocido que a veces se cuela y le sopla y le despierta de la comodidad de los pronombres posesivos. Armando le guiña un ojo, «hasta luego preciosa», cambiándose a la silla que ocupaba Torrellas, que pregunta por lo de esta tarde. A las siete, en el Salamanca, ha dicho el novio de Raquel, que se vuelve por si lo habían olvidado. «Invítame a comer —propone Raquel—, y así me aseguro que tendré un ratito a solas contigo». «Claro, te paso a buscar, ¿a la una?» La vida como un enorme reloj. El tiempo sigue y nos alcanza y a veces nos encuentra juntos. Lo he asumido. No me planteo cómo será en el futuro, ni quiero. No puedo prever una reacción si mañana decidiera marcharse, como Marina. No podría impedírselo. Armando no parece que lo esté tomando mal y sin embargo seguro que por dentro está roto. Y aun así pretende mantener ese aspecto como de que nada le importa.

Nicole tiene algo sobre arte del siglo XVII y Torrellas prefiere acompañar a Raquel hasta la puerta de clase, consciente de que no se va a tragar otro rollazo, y menos con Caracartón. Torrellas no es tan valiente aunque bromea con que pretende robarle la novia a alguien sin que el novio de Raquel ni siquiera preste atención, luego de otro beso, esta vez como de novio oficial, antes de que salgan por la puerta de la cafetería como llegaron: Nicole y Torrellas discutiendo, Raquel buscando los ojos de Armando que de repente parece algo más lejos.

—¿No te molesta que Torrellas haga esas bromas? —me pregunta Armando ahora que ya nos hemos quedado solos.

—Ningún Torrellas se va a interponer entre nosotros. Es una cuestión de confianza, supongo. Imagino que los Torrellas empiezan a ser peligrosos cuando comienzan a ir mal las cosas —E inmediatamente pongo cara de intentar rectificar, pero Armando me conoce demasiado bien como para saber que no pretendía, y sobre todo como para saber que, en el fondo, tengo razón.

—No te preocupes —dice Armando—. Sé que Raúl no es una causa, sino la consecuencia. Raúl como síntoma. Esta mañana cuando me he despertado Marina no estaba y creí que ya era mañana.

—Igual no se va.

—Igual ya se ha ido. Aunque la he visto volver. No hemos coincidido, yo había salido. La he visto desde la otra acera, desde el café. No he querido llamarla. Es casi una cuestión estética. No me veo gritando su nombre desde el otro lado de la calle.

13.

La MZ está cerca de la Ciudad Universitaria. Se puede llegar andando y te ahorras el billete y los apretones del 70, los conductores nihilistas tomando las curvas sin ningún sentido de la moral, los eternos baches que el Ayuntamiento deja como signo identitario de esta ciudad que se deja morir enferma de sí misma, por entre el paseo que ya al mediodía se va llenando de niños de colegio de pago, señoras con prisa, abogados con carteras. Además hay un paseo agradable que sube como para, desde aquí, adivinar el puerto sin que te inunde el nauseabundo olor a despedidas que suelen invadir los puertos y que justo ahora no nos conviene pese a que lo busquemos la mayoría de las noches, más como recurso estilístico que por necesidad, esas veces que nos ponemos estupendos y decidimos que parpadear es otra forma de dejar de vivir por un instante y que cada instante es absoluto e inevitable, para construir ese otro lenguaje de lo necesario, de lo definitivo, como las ojeras, las arrugas, las cicatrices. Armando camina intentando montar un discurso coherente en el que incluye su cámara estereoscópica como prototipo de la distorsión. «Esta luz, por ejemplo —dice—, en realidad la interpretamos como un reflejo de nuestro propio estado de ánimo. Somos capaces de interpretar esta luz desde patrones sentimentales, adquiridos, cuando en realidad (¿en realidad?, ¿por qué tanto empeño por lo real?) la luz es aséptica. Más aun, la luz no existe, hermano, la luz eres tú reflejándote en mí en este preciso momento, a esta altura, con estas condiciones climatológicas, que justo un paso más allá son completamente distintas y tú, y tal vez yo también, serás otro completamente distinto, igual ni podré reconocerte, salvo que la luz —Se detiene porque le falta el resuello o porque no encuentra el mechero y le ofrezco el mío; enciende la llama—, salvo que la luz me permita reflejarme en todo... esa ilusión del todo. ¿Sabes qué quiere decir ilusión? Es una percepción equivocada: iluso, ilusionado. Por ejemplo, ¿cómo podemos saber que el puerto está ahí si no lo vemos? Porque hay un barco que se acerca. Pero no siempre un barco que se acerca garantiza la existencia del puerto». Le dejo hablar. Le viene bien. Le conviene. El bálsamo de la palabra.

Inna regenta la MZ como la patrona de un bar. Con una familiaridad para los habituales como nosotros que raya el maternalismo. Es rusa o de alguna de esas ex repúblicas de nombres impronunciables y banderas con colores vistosos. Tiene en la galería un cuadro de el Viejo que no quiere vender porque el título le recuerda a un antiguo amor, *El espejo*. Un cuadro en el que solo vemos un espejo que, paradójicamente, no refleja nada, un espejo inservible. Y eso le recuerda a un amor de la infancia, de esos amores rusos y fríos y lejanos, de esos amores, nos contó en su día, que en realidad no existieron y solo los recuerdas. Hoy está más alterada que de costumbre porque Heitzmann ha salido en el periódico y ha aumentado el número de espectadores que de pronto han sentido la imperiosa necesidad de admirar a Heitzmann. También hay una dama, a la que Inna habla de usted, que querría comprar alguna obra (una de esas damas que compran al peso), así que no nos hace demasiado caso y nos quedamos a solas frente a la pared del fondo donde los retratos urbanos de Heitzmann, la ciudad como una mujer dormida, un taxi, un puente del que no vemos el otro lado, un cielo inmensamente azul con una diminuta ave, casi una mancha, como si pudiésemos soplar o borrar así con el canto de la mano para que todo sea perfecto. Armando prefiere *Casi ojos abiertos* que desenfoca a Jorge Otero, el de Stormy Mondays, hasta convertirlo en parte del mobiliario urbano difuminado en mitad de un grafiti.

—Creo que el tema de la exposición no es la ciudad, es el desenfoque. Es como si vivir en una ciudad se pareciera a estar fuera de foco constantemente. O como si necesitásemos, no sé, enfocar mejor para entender el contexto —declama uno que se ha colocado junto a Armando y habla en voz alta como quienes pretenden encontrar así un interlocutor—. No sé, como abrir los ojos y no reconocer algo.

Armando le mira y a la fotografía en varias ocasiones. Guarda un prudente silencio. Se lleva la mano al interior del bolsillo trasero del pantalón como para pretender una pose.

—Heitzmann nos presta sus ojos semicerrados para que nosotros, los espectadores, los abramos en la consciencia de lo real y creernos la otra mitad, el lado complementario, de la ciudad, del autor, que está intrínsecamente incluido en el nosotros mediante la interdependencia de luz que rebota en la pared y el grafiti que la recibe y cobra vida. Me recuerda un poco a Trey Ratcliff, ¿no lo crees?

—No —dice Armando, que gusta de los monosílabos como arma arrojadiza.

—¿No?

—No. Creo que todo eso que has dicho es una auténtica gilipollez vacía de contenido, y no estoy seguro de que sepas su significado. Además no tengo ni puta idea de quién es ese Ratcliff, pero si quieres mi número de teléfono te lo doy, ¿eh? La mujer de mi vida me va a dejar mañana y estoy en esa fase en la que escucharía con los brazos cruzados a cualquiera que me prometiese sexo después.

El estupor no evita una cadena ascendente de improperios por parte del supuesto experto en fotografía contemporánea y el consiguiente interés del resto de la sala, que cree estar asistiendo a algún tipo de performance ultramoderna y aplauden tímidamente porque el papel que interpreta el ofendido resulta muy creíble. Suerte que Inna y yo mismo sabemos predecir fácilmente este tipo de reacciones de Armando y nos disculpamos en su nombre mientras le arrastramos al reservado de la parte trasera, lo que no impide que Armando todavía grite

—Además, la exposición se llama *Ciudad Deforme*. Lo que podría darle una pista de cuál es el tema. Este tío es subnormal —diagnostica ya cuando no puede oírle e Inna ha vuelto a la sala con una botella de algo que llama champán importado y que sabe a sal de frutas.

—Tienes que dejar de decir lo primero que se te ocurre. Un día acabarás con algo roto, algo más que el corazón —digo mientras nos sentamos en el suelo, apoyados en una pared, uno junto al otro.

—¡Eh! El del sarcasmo postapocalíptico soy yo; tú eres el chico sensible con gafas y una novia maravillosa. Hay que mantener los roles, hermano, por el bien de la trama.

—Raquel es maravillosa, es cierto. Y Marina también lo es. Y también tenemos nuestros malos momentos. Puede que lo que pase con Marina solo sea eso, un mal momento. Que necesitéis estar separados para que os deis cuenta. Raúl es solo una excusa, tú mismo lo has dicho.

—No estoy tan seguro. A veces tengo la impresión de que el final lógico de nuestra relación sea este, que uno de los dos se marche. Siempre pensé que sería yo. Tampoco pienses que por una actitud de machito herido o algo así, prefiero dejarte yo a que me dejes. Era una sensación como de relación agotada, como si cuatro años después ya nos hubiésemos dicho todo lo que tendríamos que decirnos, pero sé que no es cierto. También las relaciones evolucionan. Con Raquel estás viviendo ese primer momento en el que te descubres en ella, todo es novedoso, todo es apetencia. No quiero decir que una relación sea un capricho, como quien compra una pecera que coloca en el salón y los primeros días es el centro de todo, se pasa la tarde parado, mirando los peces, sus colores, su forma de nadar, pendiente de la hora en que hay que echar la comida, de lo estético que queda combinada con el resto de los muebles. Por lo general a los tres meses la pecera se ha convertido en un cactus y vuelta de nuevo.

—Con la ventaja de que los peces olvidan fácilmente.

—No es eso. Sé que una relación es mucho más compleja, que evoluciona. Que de ese primer momento se pasa a otro en el que uno ya se ha formado una rutina, una costumbre, en el que uno ya no se imagina sin el otro. No es caer en el aburrimiento, no. Es saberse parte de un proyecto común. Pero a veces ese proyecto no funciona, o funciona pero se acaba y hay que repensarlo o darlo por finalizado y asumirlo no debería ser un trauma. En la teoría todo suena muy bien. Imagino que es eso, que pensé que podría gestionarlo mejor. Ya sé que gestionar suena a como si amar fuera un puesto en el mercado, pero me entiendes. Pensé que sabiendo que esto era finito estaría mejor preparado. Ni siquiera creo que

Marina sea la mujer de mi vida, ni quiero que lo sea, no quiero encontrar a alguien que sea la mujer de mi vida, quiero alguien que sea la mujer de su vida y que quiera compartirla conmigo, compartir un ratito, un rato grande. Lo que no entiendo es por qué Marina ha dejado de querer compartir conmigo su vida. Los dos sabemos que Raúl no se ha interpuesto. No está enamorada de Raúl y el propio Raúl lo sabe, solo es una puerta de embarque, y me jode que use una excusa burda que ni ella misma cree. Me jode que no se plante, que no sea capaz de decirme ya no te quiero, o nunca te quise. Me jode que yo tampoco sea capaz de decirlo.

—No os lo decís porque sería mentir.

—Mentir es Raúl. Raúl es no aceptar que nuestra relación, que nosotros ya no somos lo que esperábamos —Se detiene, creo que por no empezar una retahíla de reproches, de nombres, lugares y fechas que se van dejando caer como sin querer, como se cae la ceniza del cigarrillo que espera, paciente, a que los labios terminen y que Armando ahora se sacude de sus piernas casi con desdén, pretendiendo que con la ceniza también caiga Raúl o incluso Marina, y seguro todos nosotros con ellos, hasta que al final de un párrafo se pone en pie, quizá más calmado, casi tan alto como yo que parezco su sombra derramándome contra la pared. Armando que tose un poco por romper el silencio. Armando dando vueltas por la pequeña trastienda. Armando león enjaulado, león indefenso, que se sabe burlado y retado por quienes se sienten capaces de acercarse ahora que león derrotado. Armando así, tan lejos del que hace apenas unos minutos era capaz de sonrojar a ese imbécil petulante, a todos los imbéciles petulantes que se creen con derecho a abrir la boca y decir en voz alta la primera petulancia que se les ocurre, como si enunciaran la Teoría de la Evolución.

—Hablamos de esas cosas que pasan, que se ha acabado el café, que hay que comprar pasta dentífrica, eso cuando no encendemos la televisión o leemos y así no hace falta hablar. Nos interesamos, claro. El otro día tomó una foto en el parque. Disparó varias veces porque un reflejo o el sol. Me cuenta de la tesis, le cuento que tengo examen. Estudiamos. Un beso, con prisas, para no molestar, ¿sabes? Que este año es importante, que ya tenemos que acabar la carrera. Y tenemos intimidad claro, y nos buscamos y a veces eso también es parte del ritual de lo cotidiano. Esta mañana, al mirar por la ventana, eso que era la perspectiva perfecta de Martí y segundo izquierda se ha convertido en un apestoso vistazo a una exposición de balcones y ropa tendida.

—Entiendo que las relaciones evolucionan, y que justo yo ahora en ese otro momento más, no sé cómo decirlo, más adictivo, pero no seas injusto, habéis construido durante cuatro años una relación por la que vosotros mismos sabréis si merece la pena o no seguir luchando. Me da la impresión de que ahora mismo no os lo parece, que solo sois capaces, o al menos tú, de ver aspectos negativos.

—No creo que tenga que ver con la justicia. La justicia siempre se construye desde una variable que tiende a excluir a las demás, por lo que siempre es injusta. Pero no es una cuestión de ser justo o injusto, es una cuestión de que soy incapaz de agarrarla con violencia y preguntarle qué demonios está pasando. Y ella es incapaz de llegar y abofetearme hasta gritar el verdadero motivo por el que mañana estará tomando un avión hacia Montevideo — De pronto se le escapa algo como una risa nerviosa—. Tampoco es necesaria la violencia, ¿verdad? Basta con ser razonablemente expositivos. Solo es un recurso estético, ya lo sabes. Hay un retrato de Desdémona ahí fuera y ha brotado el inconsciente. Raúl es Casio, claro.

—¿Lo que me convierte a mí en Iago? —pregunto con todas la intención, sabiendo que Armando sabe y que necesita cualquier cosa que pudiera servir de explicación. Sabiendo que está siendo terriblemente injusto consigo mismo y con Marina. Sabiendo de la necesidad de esos planes perfectos que acaben con cualquier esperanza de que compartir una cama sea dormir juntos y que mañana es un vuelo a Uruguay y que pasado mañana es la casa vacía como sinónimo de que es imposible empezar de nuevo, porque es imposible no encontrar huellas, desaparecer del todo por más que Marina piense que Montevideo es el fin del mundo y que Raúl debe ser el Faro del Sur

Inna entra antes de que podamos decir algo que, a la quinta copa de ese champagne horrible de las ocasiones especiales, pudiera ser menos desagradable que pronunciar cualquier cosa fuera de contexto. Armando acepta el silencio que nos intercambiamos y uno de mis cigarrillos mientras Inna cuenta de la exposición, de que ahora su nombre aparece en la prensa, de que incluso no sé qué más porque realmente no escucho, no escuchamos y nos limitamos a mirarla como se miran los cuadros que expone: hacia dentro. Tengo ganas de volver para buscar a Raquel. Armando dice que una clase irrenunciable y que tenemos que marcharnos poniéndose en pie. Ha estado medio tumbado en el suelo casi todo el tiempo en que Inna hablaba, como si se sintiese confundido o como si no le importara nada más que el mismo suelo, que al menos es estable y parece prolongarse fuera de la galería cuando salimos de nuevo a la calle, ahora menos transitada aun, en donde parece que los edificios se topasen con nosotros y no al revés, que los semáforos nos rozaran como los lunes, que todos los árboles se abrieran a nuestro paso sabiendo que por más trabas, recovecos, plazas que surgen de pronto, puentes tendidos de un solo lado, el piso permanece, estable, continuo. Nos detenemos casi sin darnos cuenta frente al Van Gogh que empieza a llenarse de estudiantes y de apetito y de apuntes que inundan las mesas con platos combinados y cervezas frías. Tengo la impresión de que Armando se busca del otro lado del ventanal y que, mucho me temo, se ha encontrado. Es esa forma en la que se ha quedado mirando el pucho cuando lo ha arrojado al suelo sin querer pisarlo, esa forma en que se ha llevado el pulgar a la boca para morder la uña y notar mi presencia sin decir nada, y descender la calle hasta

Ciudad Universitaria como si llevásemos retrocediendo toda la vida.

—Tengo la impresión de que nos hemos dejado algo en la galería —le digo.

—Nos hemos dejado un rato, y tú el libro ese de Marvin Harris que llevabas. No te he dicho nada porque lo mejor que se puede hacer con un libro de Marvin Harris es perderlo de vista.

—Lo malo es que era de la biblioteca.

—Personificar a las bibliotecas es parte de tu condición de poeta, prueba con ese banco, igual lo conviertes en una bonita morena.

—Un lugar desde el que ver pasar a los demás.

—Justo. Eres un genio.

—El Marvin Harris de los poetas underground. Presentaré una queja en la biblioteca por tener en su fondo un libro tan deplorable, yo pago impuestos.

—Me quedo en el metro —dice Armando cuando llegamos junto a una parada.

—Siempre se te ha dado bien lo subterráneo.

—¿Te das cuenta de lo pedantes que somos?

Uno de esos abrazos que dicen hasta luego sin pretender una referencia temporal. En unas horas, el premio que le dan al Viejo, después tomaremos algo, seguro que Marina también viene, cómo no estar presente si el Viejo se lo pide, podremos charlar con la tranquilidad de los bares llenos de humo y gritos y música a un volumen imposible que evita silencios incómodos y hablar de cosas trascendentes. Hasta que alguno se pregunte qué será de nosotros ahora que acabamos el curso y sin querer miraremos a Marina, que sin querer lanzará a Armando una de esas miradas que duelen y podremos ser sinceros de una vez y hacernos todo el daño de golpe.

14.

Se ha fijado en cómo la ciudad va haciéndose cada vez más grande mientras desciende las escaleras, sintiéndose como un insecto a ras de suelo que se esconde en su madriguera. En el último peldaño desde el que puede ver ese desfile de calzado y neumáticos y colillas aplastadas contra el pavimento se despide del largo silencio que siempre son los viajes en metro. Sus ojos no tardan en acostumbrarse a la luz artificial, a los monstruosos anuncios de moda y frases pegadizas que riman zapatillas deportivas con rostros sonrientes. Caminar casi por inercia. El gesto automático de introducir el billete en la máquina. Caminar sin necesidad de dirigir los pasos. Caminar sin necesidad siquiera de caminar, porque ese tramo de escaleras mecanizadas que le llevan más abajo aun, donde el aire se hace como pesado y químico, sobredosis de pensamientos de quienes esperan con él la llegada del tren.

—¡Hola! No esperaba encontrarte aquí —dice Nicole.

—Me gusta ser una sorpresa inesperada, ¡hola! —responde Armando, a quien siempre se le olvida que hola va al principio y es una forma de iniciar y no de concluir.

—No he dicho que seas una sorpresa, solo que no te esperaba.

—¿Y qué esperabas? —Y de inmediato se arrepiente de preguntar cuando Nicole, tan pelirrojamente sensata, mira a su alrededor demostrando lo obvio.

—¿O era una de esas preguntas *significant* ? ¿Cómo se dice en tu idioma?

—Poeta con ínfulas; da igual —responde Armando, viendo que Nicole no acaba de entender si es una broma—. ¿Dónde vas? ¿Tienes tiempo para una cerveza?

—Tengo que hacer un par de cosas antes de lo del viejo, pero me invitarás esta tarde a esa cerveza, ¿no?

—Claro —aunque no está demasiado seguro e improvisa una conversación para evitar estarlo—. Oye, ¿de dónde eres? Digo, ¿de qué parte de Irlanda? Nos conocemos hace ya un par de años y todavía no lo sé.

-Derry, pero viví en Londres desde los nueve —en realidad dice London y en lugar de Derry algo incomprensible para Armando, que prefiere no preguntar y adelantar un paso porque llega el metro.

—No subas en este —dice Nicole, que le ha agarrado por el brazo sin apretar demasiado pero lo justo como para que Armando se interese por las tradiciones norirlandesas a la hora de subir a los trenes, agarrar por el brazo a los amigos, o por posibles poderes paranormales que harían aun más interesante a Nicole, quien desmiente y cuenta—. En Londres vivía cerca de las vías del tren. Nos escapábamos del colegio, saltábamos una tapia, nos colocábamos cerca de una curva para ver pasar el tren y cuando pasaba, con todo ese ruido y el pelo que se nos volaba y la ropa, gritábamos un deseo para que el tren se lo llevara a la ciudad. Teníamos nueve años o así, deja de mirarme como si estuviera loca. Sigo dejando pasar el primer tren, solo que ahora los deseos los grito para dentro. Prueba, no pierdes nada, siempre llega otro tren detrás.

—¿Y se cumplen?

—Esta es la primera vez que se me va a cumplir uno.

El andén se va quedando vacío de los que bajan y suben, salvo ellos dos, que esperan a que se cierren las puertas, suene el silbato, se apaguen las luces del túnel, para gritar hacia adentro hasta quedarse afónicos, mirándose tan felices como niños de nueve años, tan absolutamente esperanzados de que se cumplirán sus deseos en la siguiente estación.

—¿Qué?, ¿bien? —pregunta Nicole—. No, no digas nada. Si lo dices corres el riesgo de que se cumpla.

—Creí que era al revés. ¿No se trata de eso? ¿No pedimos deseos esperando que se cumplan?

—A veces es más peligroso que se cumplan.

—Hace un rato, en la cafetería, nos animabas a la acción. Ahora parece que te recreas en la contemplación de lo que pudiera ser, ¿o no?

—No me contradigo. Resulta estimulante luchar por lo que deseas, pero en ocasiones la vida es más sencilla si no se cumplen tus deseos. No es *sencillo* lo que busco, es *menos complicada,* pero no me sale la palabra.

—Entiendo, pero no por ello dejas de pedir deseos. Nos hemos quedado solos en el andén por eso mismo —Y de inmediato la constatación de que los deseos se cumplen, y posiblemente que en ocasiones es mejor que no se cumplieran. Armando como una isla a la deriva continental, náufrago y blando y balsa de la medusa a la espera de que al menos el túnel oscuro por el que empieza a escucharse como un arrullo de metal conduzca a tierra firme. Armando Gran Bretaña junto a esta irlandesita loca, loca y unionista, loca, unionista y posiblemente sueño prohibido de algún adolescente católico de la parte de Derry en donde los trenes también ocultan gritos, se imagina Armando, que siente por Nicole algo así como un amor de hermano mayor, pobre niña tonta. Pobre Armando tonto. Esto debe ser lo que sucede en un mundo sin Marina: trenes a los que no subimos, gritos sin voz, deseos que es mejor no se cumplan.

—Pelirroja, recuérdame que te debo un deseo. Este lo digo en voz alta para que se cumpla. O no. Deseo que la próxima vez que tomemos el metro juntos gritemos aun más fuerte.

15.

Era cierto que venía otro tren tras el que dejaron marchar, y seguro que vendrá otro tras este, piensa Armando, que le ha preguntado por Derry y Nicole dice que casi no se acuerda, que no salía mucho a la calle, que se pasaba casi todo el día en casa de una vecina porque su padre trabajaba hasta tarde. Y le da como pena, aunque sea más bien curiosidad, pobre irlandesita loca, loca y huérfana de madre y poquito estrábica, *how does it feel just like a rolling stone.*

—Es curioso, cuando pensamos en Irlanda la imagen que nos viene es de la otra Irlanda, no sé si porque se vende mejor o qué, y tú trayéndonos a los del norte. Más de alguno tendrá que repensar su discurso estereotipado.

—No hay unos irlandeses u otros, todos somos irlandeses.

—...dijo la chica con pasaporte británico.

—Un pasaporte es solo un papel —Sonríe Nicole que se defiende bien en un idioma que no es el suyo—. No soy irlandesa porque lo ponga en un papel, es algo más. No sé, es complejo, es una historia común, una cultura común.

—El problema está en definir historia o cultura, a veces ambas son como un avestruz con la cabeza bajo tierra. Que conste que es mi forma favorita de afrontar las dificultades, pero concretemos un punto de apoyo y moveremos el mundo. Definir es poseer. Adán poniéndole nombre a todas las cosas, esto es un caballo, esta es tu nariz, y esta islita tan verde, Irlanda. No es un problema de semántica sino de hasta dónde llegan las palabras. Trasladar algo conceptual como una palabra al espacio físico como un territorio. Hasta aquí Irlanda, más allá el infinito.

—Más allá el Imperio, ese ha sido uno de los problemas.

—¿Ha sido? —pregunta Armando, que suele ser tan escéptico que ha pensado al instante en Marina—. ¿Tanto confías en el Viernes Santo?

—Bueno, no nos queda otra. No creo que el *Belfast Agreement* sea algo maravilloso, pero quizá es lo mejor que nos podía ocurrir. Es confiar en el sentido común. No es que a partir de ahora todo vaya a ir estupendamente, pero al menos nos va a ir mejor que como estábamos. Supongo que llega un momento en el que la mejor solución es lograr que el problema no se agrave aun más. De hecho ya ha pasado un año y ha sido bastante difícil, pero ya ves, no se ha acabado el mundo. Hay que mirar al futuro, empieza un nuevo siglo.

—Y el ahora ya se nos ha pasado.

Nicole parece extrañada, no porque no lo haya entendido, sino porque además Armando haciendo poesía, o lo que sea que haya sido que tampoco es una cita, porque pregunta y Armando sugiere que se le acaba de ocurrir y en el fondo quiere creerle porque en la imagen que se ha hecho de Armando, dos años ya, Armando leído, Armando cinéfilo, un poco maestro, un poco amor platónico, Armando debe ser poeta también, escribir sobre el paso del tiempo, sobre el amor o sobre lo que sea que escriben los poetas, que en definitiva es Marina y como dejándolo caer, no en vano ha sido él, "el ahora ya se nos ha pasado", cuando ahora pudiera ser que Nicole y Armando, Armando y Nicole, mientras próxima estación Corts y tendrá que bajar en la siguiente. Armando señala la camiseta del chico sentado a su izquierda en la que una cita sobre la racionalidad de los números irracionales a la altura del pecho, lo que a Nicole le parece adorable, no la camiseta sino que Armando se fije y adorable es un adjetivo tan tonto que prefiere no pensar en Armando adorable que puede llevarle a querer tomar su mano. Con lo que, «me quedo aquí, ¿vas a casa?» y Armando que esperaba una conversación más larga, que necesita de una conversación más larga que retrase llegar a casa, asiente sin más, se despiden hasta la tarde, le guiña un ojo porque en el fondo es adorable, y finge buscar una canción dentro de la caja del CD que ha sacado de la mochila ahora que el metro silba y Nicole del otro lado de las puertas todavía le mira, un breve saludo, adiós hasta luego.

16.

La experiencia de lo incomprensible. No somos capaces todavía (y me temo que con los programas educativos que tenemos aún tardará), de valorar lo incomprensible como un elemento fundamental de la educación. La experiencia que supone enfrentarse a lo inexplicable es infinitamente más enriquecedora que todas esas novelitas masticadas que inundan los mercados y las mentes y los vagones de metro. El error nos define como especie, nos aporta una posibilidad de aprendizaje más completa que repetir mecánicamente la respuesta correcta. Nos aporta la satisfacción de la superación. Me paro frente a esta tela empapada de gris, de negro, de azul y blanco. Cometo el error de buscar la sujeción de la forma. De mirar desde los patrones de la estructura gramatical que en alguna parte de un folleto será un título, una fecha, un autor, la tranquilidad de lo ajeno. Solo entonces me doy cuenta de lo equivocado que resulta que blanco y azul, negro gris sean colores independientes a mí mismo; sean, incluso, conceptos definibles por alguien que no sea yo. Es en ese momento en el que, no solo como elementos aislados, sino como toda una composición, cobran un significado propio (digo, en propiedad, mío). Este proceso de la apropiación no llega a completarse nunca; supone toda una vida de formación permanente.

Ausente de toda productividad. Nada funcional para los teóricos de cualquier administración educativa cuyo objetivo sea la formación de legiones de la respuesta correcta. Y digo legiones marcando su connotación militar. El Ejército como lo opuesto al libre pensamiento, como la anulación de cualquier posibilidad alternativa, de una disensión. Aceptar lo incomprensible como un elemento fundamental en nuestra formación como individuos nos convierte en ciudadanos en continuo estado de búsqueda, de alerta, de expectativa, dispuestos a pretender la multiplicidad semántica del más mínimo detalle blanco y azul, gris, negro. Ciudadanos capaces de superar un obstáculo. El error, lo que no se comprende, son elementos potencialmente revolucionarios, de ahí que un sistema educativo difícilmente vaya a incluirlos como elementos no digo vertebradores, pero al menos incluyentes, y sin embargo somos el resultado de nuestros errores más que de nuestros aciertos. Lo que Sasz definía como paso a la edad adulta consistía en reivindicar el derecho a estar en un error. Un día alguien se parará ante esta tela, creerá que al final de sus días Zacarías Olite pintó una mujer sin rostro frente a un acantilado. Encontrará una atmósfera irreal, onírica, cierta angustia ante la posibilidad de un suicidio, de un accidente, ante la soledad de una mujer semidesnuda frente a un acantilado y un mar ligeramente alborotado (y es ese ligeramente lo que en realidad genera la inquietud del espectador). La indefinición, la imposibilidad de asegurar que un mar alborotado, porque en realidad parece en calma salvo que ese blanco espuma y azul, ese cielo gris y verde, pueda ser el anticipo de lo terrible. Algún espectador pretenderá un espacio geográfico. Y otro un estilo artístico. La necesidad de nombrar (y le puse tu nombre a todas las cosas) de cometer los errores cotidianos que nos hacen sentirnos cómodos.

17.

…que realmente no sé, porque todo gira como giramos nosotros en ese continuo abrazo del que no queremos separarnos, digo, todo gira alrededor de esto que todavía no sabemos cómo llamar, que va y viene, que se queda, que se hace grande y es hermoso. De pronto estás, estás a cada rato, en cada rato, y si no estás te busco o te invento, te dibujo en los rostros de los demás, te imagino hablándome, mirándome, como me miran y me hablan los otros, te imagino en los rostros de quienes no eres y de pronto lo son porque ese gesto, esa frase, porque ella diría, colocaría así su mano, tiene los ojos más claros. Incluso cuando no estás, estás en aquello que me recuerda a ti porque es diametralmente opuesto. A veces es un vértigo, un escalofrío, una hormiguita en la palma de la mano. Esperar que por ese pasillo, que tras esa puerta, que, por favor, no se demore. Otras no eres tú y pasas de largo vestida de un modo que cómo he podido confundirme, pero son tantas las ganas de verte, de estar, de ser, que de nuevo esa espera infinita de uñas mordidas y solo han pasado tres minutos. ¿Tres minutos ya? Pero, ¿por qué no viene? Y vuelvo a inventarte con esa sonrisa que solo tú. Con esos labios que solo yo. Nos enredamos las manos como si pudiéramos evitar así que se desenreden, que sea un para siempre que solo dura hasta que vuelta a casa, hasta luego te escribo, hasta buenas noches, duerme bien. Te quiero, sabes que te quiero y que me siento querido de esa forma inesperada en la que has aparecido, tan sin darme cuenta, tan imprescindible ya que no sabría hacer otra cosa que escribirte y…

El novio de Raquel prefiere no releer, tiene la sensación de que le ha quedado una parrafada adolescente, que es como se siente, aunque nunca lo admitiría, ese momento casi empalagoso, casi de novela rosa del principio del amor, pero también esa agradable sensación de endorfinas alteradas, de descubrir despacio, de sentirse en conexión. Sigue buscando a Raquel, ahora en el pasillo que lleva a la biblioteca por donde tampoco regresan demasiados, él mismo prefiere la cafetería a la biblioteca, la cafetería como lugar de encuentro, como lugar de reflexión, como lugar de intercambio. De pronto alguno descubre un disco, una novela, una película que pasa de mano en mano por todos y se valora, se comenta, se recomienda fervorosamente, se aprende en una experiencia colectiva, se aprende quizá más de lo que se aprende en el aula, o al menos se aprende distinto, se aprende también desde el error, desde vaya mierda de novela esa que dijiste, desde mejor no veáis la última de Jarmus. En quinto de carrera ya es fácil seleccionar las clases que merecen la pena, los profesores imprescindibles, que también los hay, la estrategia para encontrar una bibliografía accesible, las inevitables citas a Bordiue en los exámenes, más para quedar bien con los popes del Departamento que porque nos las creamos. En quinto de carrera uno puede enamorarse de una estudiante de Filosofía sin por ello dejar de ser un tonto enamorado como cualquier tonto enamorado. Y Marina saliendo de la sala de investigadores.

—Siempre escribiendo.

—Sí —admite el novio de Raquel, casi sorprendido, por lo que prefiere cerrar el cuaderno un poco avergonzado.

—¿Ese es el cuaderno que te regale? Todavía te dura.

—La verdad es que lo empecé hace poco.

—Espero que me estuvieras escribiendo a mí. Ya no me escribes casi nada.

—No escribía nada importante.

—Ahora le escribes a Raquel, claro. Te veo muy bien con ella. Es una gran chica.

—Sí lo es. Y sí, me siento muy a gusto con ella. ¿Cómo estás tú?

Marina solo se encoje de hombros y se sienta a su lado en el suelo, dejando que su espalda se estire un poquito contra la pared, un par de horas en las sillas incómodas de la sala de investigadores, lo suficientemente cerca de él como para que sus hombros no lleguen a rozarse.

—¿Dónde está ahora?

—En clase. Vendrá en seguida. Vamos a casa a comer. Ven con nosotros.

—No, voy a comer aquí. Tengo que preparar las cosas.

Preparar las cosas suena tan severo que la propia Marina se ha sentido como en una funeraria. La frase comodín para no mencionar el tabú. Preparar las maletas. Preparar la huida. Prepararnos tiene siempre algo de ritual. Preparar el cadáver.

—Esta mañana he estado con Armando. Está mal. Te quiere muchísimo.

—Lo sé, y yo a él —y después de una pausa—, lo sabes...

—Sí, por eso no lo entiendo. Y él tampoco.

—Si te soy sincera, tampoco yo. Necesito un tiempo. Estar lejos. Pensar. Pensarme. Pensarnos.

—¿Por qué?

—No lo sé, a veces creo que soy incapaz de comprometerme

—Ya son casi cuatro años.

—Llevas mejor la cuenta que yo.

—¿Te has cansado?

—No —responde Marina tan rápido que casi se asusta—. No sé, no me veo el resto de mi vida... tal vez es eso.

—Y con Raúl, sí.

—No seas tonto. Raúl es solo un lugar.

—¿Y él lo sabe? Igual se está haciendo ilusiones.

—Raúl es el más listo de todos vosotros, escritorcillo.

—Raúl no es uno de nosotros, creo que por eso te vas con él.

—Puede que sea eso también. Necesito otro espacio, otro... hemisferio, no sé, perspectiva.

—Dices tantas veces no sé que creo que no sabes lo que quieres

—Sé lo que no quiero. No quiero quedarme. Acabar la carrera, tener un papelito que diga que ya soy lista, que ya puedo dar clases o algo así, que ya puedo decir cualquier gilipollez sobre *El Quijote* o lo que me dé la gana y que tenga validez porque me avala un título. Y ya, repetir durante los próximos... ¿qué?, ¿sesenta años?, una misma rutina, una misma vida.

—¿Cómo puedes pensar que los próximos sesenta años ya están marcados? Nos pueden pasar infinidad de cosas durante los próximos sesenta años, durante los próximos sesenta minutos.

—Por eso mismo tampoco es definitivo para con Armando. Me marcho, no sé, un par de años, pero pienso volver.

—Igual cuando vuelvas Armando ya no está.

—Lo sé, y lo entiendo y lo asumo y tampoco pretendo que se quede esperando ni que me entienda, ni que vaya corriendo detrás de mí.

—No lo va a hacer, no le dejaré que lo haga.

—Eso espero.

—Y tampoco me creo que te vayas por una especie de crisis de identidad, de miedo a la incertidumbre del futuro. Todos acabamos la carrera, menos Nicole. A todos nos va a cambiar la vida a partir de ahora. Tú incluso puede que seas la que menos vaya a cambiar, ya has empezado el doctorado, ya tienes un tema sobre el que investigar, vas a seguir ligada a la universidad, vas a escribir esos artículos con patente de corso de los que dices que quieres huir.

—No he dicho huir.

—Pues es lo que parece. A todos se nos abre esa enorme duda de y ahora qué, pero la afrontamos.

—Yo también la afronto. Yo tampoco sé qué me espera en Uruguay, yo también estoy ante un abismo —Y se le viene a la mente la mujer sin rostro—. Mi forma de afrontarlo es abrir una nueva expectativa en otro lugar.

—¡Venga ya! Eso es neolenguaje, mi amor, eso es otra forma de decir que huyes.

—Interprétalo como quieras, estoy más muerta de miedo que vosotros, pero no es un concurso en el que gana quien lo pase peor, es el miedo a tomar una decisión. Porque tomar una decisión, es verdad, tiene repercusiones, muchas, y no puedo asumirlas todas. A lo mejor piensas que soy una egoísta porque eres el mejor amigo de Armando y te pones de su lado, esa empatía, no sé, falocéntrica o llámalo como quieras, pero yo estoy en la misma situación que él, sé a lo que renuncio, sé que soy muy feliz con Armando, y me cuesta muchísimo más de lo que imaginas irme. No tienes idea de cómo le quiero. No sé si más de lo que te quise a ti, pero seguro que igual. Ponte en mi lugar, en serio, ponte un minuto en mi lugar y pregúntate, no hace falta que me respondas, si no te vendrías ahora mismo a Montevideo si yo te lo pidiera, y no lo voy a hacer, descuida, ni siquiera se me ha pasado por la cabeza, pero me estás tocando un poco los huevos. No lo voy a hacer porque te quiero. Y porque eres el novio de Raquel.

—Ya no, Marina. Digo, ya no tiene ese efecto si me lo pides, pero mejor no me lo pidas. Raúl tampoco te lo ha pedido, ¿o sí?

—No, no lo ha hecho, no hizo falta.

—Y tampoco creo que esté enamorado de ti.

—Ya te he dicho que Raúl es más listo que todos vosotros.

—Sí, deja de decirlo, ¿quieres?

—No, no está enamorado de mí y yo tampoco lo estoy de él, ni siquiera de Armando.

—Has dicho que le querías.

—Y le quiero, le quiero muchísimo.

—¿Como a un hermano o algo así?

—No, mucho más que eso, pero no como tú quieres a Raquel o como seguro que ella te quiere a ti, ni como lo que posiblemente le estuvieras escribiendo y, ¿ves?, ya no me escribes a mí, ya no te vendrías conmigo a Montevideo. También nosotros terminamos y no pasó nada. No nos hemos dejado de querer. Y llegó Armando y vino Raquel. Son como etapas. A veces tengo la sensación de que el mundo hubiese dado un cuarto de vuelta de más y hubiésemos quedado todos desparejados: Torrellas enamorado de Raquel, Raquel de ti, tú…

—Nicole de Armando —interrumpe el novio de Raquel, no fuera que Marina dijese algo de lo que pudieran arrepentirse—, Armando de ti, tú, tú ¿qué?

—Yo necesito irme, no me preguntes por qué. Igual no lo hay, chico de Letras, no somos de esas ciencias que necesitan un porqué para todo. Es lo bueno de las Ciencias Sociales, no necesitan de una explicación universal, a veces ni siquiera necesitan de una explicación. Necesito irme y necesito que Armando lo entienda porque no quiero hacerle daño, aunque sé que es inevitable.

—Esta conversación deberías tenerla con él y no conmigo.

—Lo sé y últimamente parece que nos evitamos. Hoy he salido a hacer fotos también.

—¿La plaza a las seis de la mañana? La idea que le robaste a Harvey Keitel. Me gusta cómo te ríes.

—Hoy era la última —dice Marina sin dejar de sonreír.

Y en esas Raquel...

18.

La rutina de abrir la nevera, encontrar la comida hecha dentro de una caja de plástico, calentar, hablar de banalidades, poner música, Raquel revoloteando entre los discos, preguntar por *River of dreams* que su novio ha prestado a Nicole y poner cara porque tenía ganas de Billy Joel o porque Nicole. Ese beso de no te enfades, tonta, elige cualquier otro. Empezar una discusión sobre la idoneidad de elegir cualquier música cuando en este momento solo Billy Joel, y además te lo compré por tu cumpleaños y tener que ceder y un beso que tampoco le convence pero que cambia la cara, la verdura se enfría. Abrir una cerveza. Si fumas tanto llegará un día en que no distingas los sabores. Y entonces me abandonarás, ¿verdad? Te habré abandonado mucho antes, mi amor. ¿Por uno de esos sabrosos imitadores de Franco Battiato que estudian contigo? Con fular y todo, el más estereotipado que pueda encontrar, de hecho me iré con el que menos se te parezca. Con el que escriba peor, con el que bese peor, con el que fume menos. Con el que menos te quiera. Por supuesto. Con el que menos ganas tenga de sentarse a mirarte, así, dejando que se acabe la tarde. Con el que menos me abrace. Con el que menos... Cállate. Y así hasta que cualquiera de los dos, un beso, una caricia, una mano descuidada que se posa en la del otro.

19.

—¿Por qué no vamos esta noche al acantilado? —pregunta Raquel, que empieza a notar ese sueño que se nota cuando alguien se sienta en un sofá y se deja caer sobre el pecho de su novio.

—¿Esta noche? ¡Es martes!

—¿Y desde cuándo te importa el día de la semana en el que vives?

—Digo, mañana tienes clase y no sé si tú mamá te va a dejar quedarte a dormir aquí.

—Mañana tenemos clase todos y no sería la primera vez que me quedo a dormir aquí. Mi mamá sigue creyendo que eres un buen chico, la pobre. Pero si prefieres mi ausencia, no tienes más que hacérmelo saber, por favor.

—¡Qué mal te queda el sarcasmo, mi amor! No es mala idea. Podemos tomar algo con estos después de lo del Viejo y nos marchamos un poco más tarde —dice él acomodándole el pelo tras la oreja como hacen las mamás de las niñas buenas y Raquel se deja acariciar la mejilla con el dorso de la mano—. Lo malo es que en la playa hará frío a esa hora, y nos acurrucaremos así —dice y se acurrucan así—, tú sentada entre mis piernas, y el viento seguro que te despeinará y querré abrazarte desde atrás para que no te sueltes ni te vuele ni te sople demasiado. El agua querrá besar la orilla y yo querré buscar debajo de tu blusa y dirás estate quieto aunque me cogerás la mano para que no me la lleve y dejarás que siga buscando, así como en círculos, por esta geografía suave. Lo malo de esas noches de acantilado y frío es que mis dedos seguirán acariciando más abajo y te pediré que me cuentes de la luna, de las constelaciones. El mar respirará más hondo y latirá más deprisa. Tus manos se pondrán sobre las mías guiándolas por el universo, esto es Venus, esto la Vía Láctea, esto el origen del mundo del que mis dedos se empapan ahora un poco más rápido y un poco más hondo, un poco más, hasta que el grito de las dos de la mañana y tus ojos cerrados.

—Eres un idiota y lo sabes, ¿verdad? —dice Raquel, pensando en que debería traer al piso de su novio algo de ropa para cambiarse.

El beso como preludio de todo. El comienzo de la creación. Somos porque besamos. Soy porque tus labios. El beso como principio del idioma. Lenguaje de fonética inaudible, como de chapoteo. Contener la respiración en una hermosa forma de morir por una centésima de segundo cuando tu aliento y mi aliento huyen en un rapto pactado, nuestras lenguas, peces que se encuentran siempre por vez primera, se recorren, se aprenden, se intercambian el sabor dulce de una mañana, el amargo de una película de Aristarain, el salado de lo inesperado. El beso como anticipo (lenguas, manos) de una previsible caída al insoldable abismo del sofá, tendidos (manos, lenguas) a la espera de que la tarde, o eso que damos en llamar amor, nos funda en uno solo, lenguas, manos, bicéfalo de cuatro brazos, hermafrodita. Porque tus labios y manos, lengua, creando una gramática propia en mi pecho a medida que desabrocha, que acaricia, que descubre, como queriendo pronunciar lo impronunciable, como hablándole ahora a mi vientre, a la cicatriz en su mitad, recuerdo vago, de que una vez estuve ligada al mundo como no me importaría estar ligada a él, lengua, manos, que también me crea en esta mirada cuando alza los ojos encontrándome impaciente, respirar más a prisa y vuelve, manos, lengua, a mis labios como punto de partida, como preludio de todo. Me encanta cómo me besas. Y me gusta este lunar que tienes aquí, acariciándome muy suave con la yema del dedo al final de la nuca. Qué bonita eres, me dice antes de otro beso y otro más y de bajar de nuevo por mi pecho ya sin el impedimento del sostén, por mi vientre, por mis piernas sin el pantalón recordando que una vez prometió recorrerlas con los labios, lengua, manos, y en verdad las recorre con la sintaxis de quien va nombrando por primera vez y por tanto es incapaz de errar. El beso como nudo también, de mis piernas enlazadas en su cuello, en su espalda.

Como desenlace, besando mis labios verticales y húmedos que dibuja con los dedos, que separa, que lame hasta que, casi en un grito, le abrazo tan fuerte que puedo traspasarlo, que incluso creo que lo traspaso y que le amo desde otro plano, como desde fuera, como viéndolo hacer, como si fuera capaz de abstraer todo el universo hasta que tú y yo, lenguas, manos, y mis ojos cerrados que aprieto con el miedo de que al abrirlos pudiera explotar toda esta inmensidad en la que solo nosotros y de pronto sea un sofá, un martes, quinto de Filosofía, Armando.

20.

Pero qué es esto que se respira con el estómago, que se mastica a patadas, que se camina con las manos en los bolsillos y el cuerpo encorvado como queriendo meterse en sí mismo. Qué es esto que nos hace el vacío en calles transitadas, que nos deja helados en el interior de nuestra propia casa, que convierte en septiembre esta primavera. Cómo es posible que sintamos tal necesidad de los otros, de ser nos-otros, de ser para los otros que nos resulta incluso físicamente imposible poder dar si quiera un paso más sin estar acompañados. Esta necesidad del colectivo, del abrigo, de la mano que guía. Es un instinto de supervivencia, imagina el Armando antropólogo, millones de años de evolución genéticamente asentados en la experiencia de que solo no se sobrevive. Armando se detiene frente a la tienda de fotografía, cerrada a esta hora, en donde trabaja Marina, en donde tantas veces ha esperado, como espera ahora en vano, a que Marina sonrisa, Marina beso, Marina bajemos al puerto y me invitas a algo, tengo ganas de hablar, ganas de que me cuentes, ganas de estar contigo. Marina en todas las calles, en todos los semáforos, en cualquier rótulo anunciando descuentos en lavadoras, frutas de temporada, vestidos con flores. Qué es esto que más que una rutina es una dependencia, que más que una costumbre es un modo de vida, que más que un puñado de palabras es toda la Literatura. Me estoy poniendo melodramático, se sonríe Armando al pasar frente a otro escaparate que le refleja metro ochenta, pelo oscuro, vaqueros *Lee*, esas cosas a las que recurren quienes pretenden una descripción casi de ficha policial. Un perfecto personaje del duque de Rivas del final del siglo XX. Yo lo llamo inconformismo. La trampa permitida a quien escoge las palabras (y le puso tu nombre a todas las cosas) pero en realidad debe ser otra cosa, debe ser, Armando Freud de medio pelo, una necesidad de reafirmarme, de pensar que en realidad… ¡Qué abuso de lo real! Cuánto repetimos en realidad como si quisiéramos encontrar algo que permaneciera, algo tangible, el asidero inmortal a tanto descalabro. Pero qué es real cuando los parámetros con los que medíamos el mundo se desmoronan. ¿Es real esa parada de autobús cuando no hay nadie esperando el autobús, cuando ni siquiera pasa un autobús? Con qué vana esperanza, con qué superlativa confianza en el porvenir alguien espera un autobús por el mero hecho de que un poste y unas cifras y una línea que conecta Plaza Vitale con 11 de septiembre. ¿Es real esta costumbre de encender un cigarrillo, apoyarse en una pared sombreada, dejarse acortar la sombra de las tres de la tarde? Es real porque soy capaz de nombrarlo (y le puso tu nombre a todas las cosas) Armando filólogo. Es real porque soy capaz de sentirlo, Armando existencialista. Es real porque ha sido real, Armando historiador, y sé que se repetirá, Armando realista, Armando lo que quiera que sea. Pero qué es esta especie de vacío, de náusea, de ausencia de ti. Esta especie de sueño sin detalles, de sueño hormiga que acumula laboriosamente pedazos de Marina-recuerdo-Marina para el próximo verano (el invierno austral, huir en invierno siempre tiene ese aroma a Doctor Zhivago) de monólogos insensatos, de noches en donde el sueño se confundirá con el deseo, el sudor frío con las ganas de amarte, el sabor del lunar de tu espalda con este punto final.

21.

El 70 tardó medio cigarrillo más en llegar lo suficientemente vacío a esas horas como para que de entre los asientos emergiera

Gordon's y esa sonrisa, que en circunstancias absolutamente subjetivas como esa, es una bonita sonrisa. La mano derecha alzada a la altura de su cabeza, el pulgar el índice y el corazón como cuando se reclama la atención del camarero, piensa Armando casi al instante relacionándolo con su nombre, se llama Marta Larios pero el novio de Raquel prefirió llamarla Gordon's, que tiene un sabor mucho más afrutado y agradable que la seca bebida española. Lo que en el fondo, pensaba Armando, saludando de igual modo, acercándose entre movimientos de equilibrista porque el 70 o un bache o un conductor con prisa, era un cumplido hacía Gordon's que posiblemente se le habría escapado al novio de Raquel, porque si no:

—¿Dónde vas? —pregunta Gordon's, para quien lo obvio es una virtud.

—Iba a sentarme a tu lado, si me lo permites.

—Digo, dónde vas a estas horas, en este autobús.

Lo cierto es que justo cabía la misma respuesta, es una de las ventajas de hablar con Gordon's, pero Armando quiere ser un poco más explícito mientras se acomoda y finge mirar por la ventanilla para no cruzarse directamente con sus ojos azules

—Iba a casa. ¿Tú?

—Vengo de la biblioteca. He sacado un par de libros para el trabajo de Mesoamérica. Si tienes un rato ahora podemos echarles un vistazo —dice señalando con la mirada más sus piernas que el bulto aparente sobre ellas, que pudieran ser un par de libros mesoamericanos o la caja de Pandora o el propio Armando en una habitación oscura, que piensa pero qué es esto capaz de derrumbar imperios desde un autobús, este despertar casi indignado imaginando el tirante de Gordon's cayendo suavemente por el brazo, Armando amante fracasado, Armando pretendiendo que tal vez Marina pudiera…

—No tengo nada mejor que hacer.

Apenas el ascensor abrió las puertas en el segundo piso, después de un ascenso jadeante y lento, casi anciano, Gordon's preguntó por el interruptor de la luz que encontró de inmediato, el rellano tampoco daba para demasiados escondites, como tampoco daba a ningún vano lo que por primera vez en los seis meses que llevaba viviendo allí, Armando relacionó con la necesidad de Marina por encontrar un nuevo lugar, posiblemente más iluminado, posiblemente más espacioso, posiblemente, también, menos Armando girando la llave, mirando de reojo al hueco de la escalera, tal vez con la esperanza de que Marina llegara y se sintiera ofendida, escena de película italiana, esposa que regresa de improviso, esposo descubierto *in fraganti* con jovencita, gritos, llantos, ese desmesurado agitar de brazos que solo los italianos, reconciliación, piensa Armando que aún no es capaz de comprender más allá de los parámetros tradicionales de las relaciones sociales, Armando sociólogo previsible. Gordon's se entretiene en el umbral luego de que Armando le cediera el paso al abrir. Respira un olor a humedad o a madera quebrada que hace como pequeños abombamientos al entrar por fin y tras ella Armando que suelta las llaves en cualquier sitio que es justo el sitio donde se sueltan las llaves, corre una cortina, señala un sillón, desaparece hacia la cocina de donde regresa con un par de cervezas, no tengo sin alcohol, así está bien, gracias, se sienta en el sillón de enfrente como si quisiera evitar mirar su propia casa o al menos esa es la impresión que tiene Gordon's, que no sabe dónde dejar los libros y los mantiene sobre sus rodillas mientras abre la lata intentando no derramar más allá de un primer y protocolario vistazo a lo que nunca hubiese llamado salón y aun así lo llamó salón y también dijo agradable, lo que provocó una sonrisa, Armando diplomático, Armando encantador, y un pequeño debate semántico para matizar que salón supone unas dimensiones que se le escapan por completo a este habitáculo (¿He dicho habitáculo? Realmente debo de estar desesperado.) y que agradable siempre es relevante en función del contexto (Aunque si estoy perdiendo el tiempo en el uso del idioma en lugar de usar la lengua es que no debe ser para tanto…). En cualquier caso Gordon's entiende que ese póster o que esa máscara, que esa fotografía, que sí, hizo la misma Marina, combinan de un modo que generan un agradable contexto *per se*, y dice *per se* porque Gordon's también es universitaria y también estudia Antropología y cree que podríamos enfocar el estudio sobre la arqueología olmeca desde un punto de vista estructural como hace Magni, y muestra uno de los libros que, esas cosas de la eficacia de Gordon's, está escrito por Magni, ante la indiferencia mal disimulada de Armando por el camino de Swan. El sabor de la cerveza, los ojos claros de Gordon's, casi sin saberlo, espejo, niebla, desconcierto, que rechaza un cigarrillo, que mira la madera del suelo, que se atreve a mirarle también a los ojos. Armando como una mosca en una tela de araña, Armando dejando a un lado el libro de Magni, justo donde Gordon´s había dejado el otro para que sus piernas pudieran separarse un poco sin miedo a derribar nada que no quisiera ser derribado. Armando sugiere Chet Baker (*Almost blue*, claro) las escobillas arrastrándose por la piel de la batería como pasos descalzos. Armando, ahora de pie, junto al tocadiscos absolutamente consciente de que no es Marina quien le tiende la mano como mostrando el resultado sorprendente de un truco de magia, de que no es Marina quien bebe a pequeños sorbos, quien dice suena bien, lo que en el fondo a Armando le parece el comentario menos afortunado del mundo porque ahora el piano y pronto Chet Baker, la letra de Elvis Costello *there's a girl here and she's almost you*. Como tampoco era Marina quien mostraba su preocupación por no llegar tarde al tren humeante que descarrilaba entre el manoteo inconsciente de Armando y la cama que finalmente vacía al despertar justo después, ahora es capaz de recordarlo mejor, de que un revisor le pidiera el pasaporte y Armando incapaz de encontrarlo todavía tuviera tiempo de dejarse sorprender por la naranja puesta de sol que asomaba tras los ventanales como si de un amanecer post nuclear, *flirting with this disaster became me*. Pareces cansado, Armando derrotado, Armando ausente, Armando dejándose encontrar en los brazos de Gordon's que se ha levantado y despacio se para frente a él. Gordon's que sabe apoyar la cabeza en el hombro izquierdo, *almost touching it will always do*, que sabe colocar una pierna entre las suyas, que sabe preguntar si Marina vendrá, si Marina ya se ha ido, si Marina en el mismo instante en que acaba la canción y Armando prefiere mirar dulce, como se mira el mar, separándose despacio y a poquitos, apartarle el flequillo de los ojos, levantar la aguja para que el disco siga girando en silencio y Gordon's se sorprenda sin entender del todo ni siquiera cuando Armando le toma la mano, la dirige suave de nuevo al sofá y se sienta a su lado, desde donde todavía puede ver el frasco cerrado en la repisa, allá atrás, o si no es atrás es al menos en lo que parece otro tiempo, otro espacio, Praga, hace ya unos tres años, nos pasábamos el día con una mochila a cuestas, comiendo poco y durmiendo menos. Nuestro primer viaje juntos, el aeropuerto vacío a las cinco de la mañana, salíamos en el primer vuelo, el albergue apestoso por la falta de higiene que nunca se echa en falta a los veinte años, total, no vamos a estar aquí más que para dormir un rato, el barrio judío, Muscha, el teatro negro, el café kafkiano al otro lado del río, la gitana que en un francés sorprendente nos auguró un futuro maravilloso mientras conserváramos este frasco vacío, había hecho una especie de conjuro, habíamos soplado al aire, había cerrado la tapa recitando en voz baja una oración, había prometido que allí aguardaba nuestro último beso, que abrirlo suponía que no habría más, y habíamos reído, un poco con el miedo de quien sabe que en el fondo las gitanas de Praga buscan el favor de unas monedas apenas comparables a un beso guardado por años, casi cuatro, vuelve a recordar Armando, con su mano en la mano de Gordon's un poco oculta por el humo de un nuevo cigarrillo, lo que imposibilita de momento el beso que ella esperaba, porque era el momento lógico del beso, la escena del sofá, los ojos que se encuentran, los cuerpos que se van aproximando, los labios que se abren poco a poco.

Nada de eso, Armando enamorado, es mejor que te vayas, Marta, siento haberte hecho perder el tiempo. Tenía algo de tiempo que perder, no te preocupes. Una sonrisa de agradecimiento. Le acompaña hasta la puerta después de recogerle los libros. Quedamos otro día y vemos lo del trabajo. Claro. No va a volver, Armando, desvela Gordon's, en el rellano minúsculo, con la certeza de quien ya ha leído la última página, esperando en vano el ascensor, decidiendo que mejor bajar la escalera, más rápido. Lo sé, dice Armando, que cierra la puerta después de desear una buena tarde, iremos al Van Gogh esta noche, por si quieres pasarte. A lo mejor. A lo mejor Armando cierra despacio, coloca las latas de cerveza en la mesa, una junto a la otra, se fija en la puerta abierta del cuarto, el miedo al abrir el armario y el alivio (¿alivio?) de encontrar todavía la ropa de Marina colgada de las perchas como signos de interrogación. No va a volver. Mira la cama en la que apenas unas horas antes eran algo así como dos náufragos, abrazados, eso sí, tocándose como si de un último intento por respirar. A lo mejor se sienta al borde de la cama. Se deja caer en ella. Tira de la colcha, de las sábanas haciendo un remolino que no es de rabia, ni de lujuria, ni de desesperación, un remolino singular, el remolino de un solo cuerpo flotando a la deriva. A lo mejor incluso llora de impotencia como se llora ante lo inevitable. A lo mejor, otra vez en el salón, baja de nuevo la aguja del tocadiscos, se recuesta en el sofá hasta apoyar la nuca en el respaldo, alarga la mano hacía la repisa, sujeta el frasco aparentemente vacío, sopla el polvo de la tapa, se fija en el dibujo floreado del cristal, lo abre dejando que escape el último beso.

22.

Debería desconfiar de sí misma una Historia de la Pintura concebida como sucesión de proezas estilísticas, cuyo objeto se limitase a la búsqueda de la representación perfecta de lo real, de lo inmediato, de lo físico. Esa pintura en la que el espectador se reconoce cómodamente y anticipa que en el salón de su casa, el cuadro que colgó de la pared, causará el mismo asombro que mirar por una ventana. Es más, esa posiblemente sea su finalidad: que ni siquiera se precise la ventana para que los invitados puedan disfrutar de un paisaje campestre, de un caballo que galopa, de una decisiva y valerosa batalla sin tener que soportar las molestias que siempre causan las inclemencias meteorológicas, los inevitables insectos, el desagradable olor de las caballerizas o de los moribundos acumulados a los pies del general. Los invitados pueden, iniciados por el anfitrión o por la pedagógica ayuda de algún experto conocedor de lo sutil, apreciar el buen oficio del autor, la delicadeza del detalle, la armoniosa composición. En definitiva, una Historia de la Pintura que no queme la garganta. El problema llega cuando esa ventana (sí, es una imagen muy pobre, que lleva necesariamente al lienzo, a la pared encalada, al espacio limitado, cuando precisamente iba a decir que el problema llega cuando esa ventana) se abre a uno mismo y el resultado deja de ser comprensible (tampoco creo que cualquier espectador comprendiera un paisaje campestre, etc.) desde los parámetros lógicos del espectador y más aun, me temo, desde los parámetros ilógicos del propio autor. Entonces pintar es construir un discurso a partir de una gramática del todo incomprensible, un goteo sensitivo, torpe, mutable, incapaz de guardar cualquier relación con el mundo-ventana al que nos han acostumbrado las televisiones, los expertos en detalles, estos ojos que miran lo pre-visto. Y se abre un proceso que prescinde del otro, del espectador, que es capaz de cerrar, de encerrar en sí mismo todo el contenido preciso. Es una falacia (o una falsa modestia) eso que responden la mayoría de autores cuando son preguntados por su obra y la califican de cincuentaporciento... la otra mitad la pone el espectador, el receptor, dicen asumiendo su condición de parte. Soy incompleto sin ti, eres la mitad de lo que soy. Y no. No es así. No digo que seamos concluyentes (hoy mismo le dije a Armando que somos uno repetido por millones), digo que el emisor cierra su discurso y es el receptor quien interpreta y de ahí se abre un nuevo discurso que vuelve a ser interpretado (o malinterpretado, también, si quieres) y vuelta a empezar. Imaginá que es válido en cualquier circunstancia. En el amor, por ejemplo. Hubiera sido mejor no imaginarlo, se dice Zacarías Olite, que ahora siente el impulso de desgarrar la tela, y llega incluso a alzar la mano en donde la espátula, que vuelve a bajar manchando, al paso, de amarillo y derrota parte del acantilado junto al que se asoma sin rostro una mujer como amontonada en sí misma, como pretendiéndose ajena al mar que se revuelve (tal vez provocado por su presencia) justo debajo, justo ahora, justo que ya no hay cómo salvarse más que en el salto.

23.

Desde el otro lado de la calle el portal era una mancha negra y desenfocada, un poco velada por el sol que ya comenzaba a descender hacia la izquierda, con lo que Marina tuvo que mover el objetivo, un poco más cuando sin pretenderlo se cruzó Armando por el visor, como solo unos minutos antes se había cruzado Gordon's. No era cuestión de reprochar cuando ella misma justificaba en parte (más bien se justificaba porque el resto bien sabía) su marcha utilizando el nombre de Raúl. Pero Gordon's era otra cosa. Era pensar que Armando pudiera haber aceptado el reto como un intercambio de afrentas cuando él siempre mucho más prudente y ella la impulsiva. Era un intercambio de roles que no le apetecía aceptar, ni menos asumir. Era sucumbir a la posibilidad de que Armando fuera como cualquiera y no el Armando todavía idealizado de su cabeza por el que se ha quedado esperando, tan solo un par de minutos, consciente de que si no han salido juntos, Armando tan detallista para esas cosas, es porque Gordon's habrá tenido que salir antes de tiempo, antes de su tiempo, se dice Marina, pensando que a partir de mañana mismo el tiempo ya será otro. Y ahora sí, camina hacia su portal (su tiempo, su portal, curioso que justo ahora el posesivo) y una vez allí prefiere la escalera, abre el segundo izquierda, se llena de una luz como plastificada.

Todavía giraba en silencio uno de Chet Baker en el plato, la ventana abierta, el olor que debía ser de Gordon's en mitad del salón, dos latas de cerveza sobre la mesa, una sensación como de papel arrugado y fatiga. Marina deja su mochila sobre el sofá en donde estuvo sentada Marta. Retira las cervezas a la cocina. Bebe un vaso de agua. Esas cosas de después del amor. Pero no puede ser, Armando no. Se siente incluso injusta, hipócrita. Se marcha y le escribe una nota de amor y pretende que Armando no la busque en otro cuerpo. Armando niño bueno, espera aquí quietecito que ya vuelvo. Armando, pero cómo es posible. Es casi un insulto, se dice Marina, un insulto para ti mismo, Armando. Pero ella se marcha y ni tan si quiera una explicación, aunque llevan semanas hablando, semanas de conversaciones insustanciales, de no te vayas, de tengo que irme, de por qué, de no lo sé, de entonces no te vayas hasta que lo sepas. No quiere entrar en la habitación, pero allí sus cosas, su maleta, su ropa. Aunque también podría dejarlo todo, irse con lo puesto o tan desnuda como se siente ahora. Desnuda en el sentido de indefensa, de insegura, de niña pequeña en el marco de la puerta de su cuarto, la cama deshecha, el armario abierto, su ropa mostrándose casi indecente, reclamando ser descolgada como, imagina, deben reclamar los cadáveres de los ahorcados.

Pero no es posible, Armando. O es posible en otro Armando que yo misma he construido en estos últimos días de incertidumbre, de no estar ni tampoco ser, de jugar a necesito un tiempo, necesito distancia, necesito un Armando menos Armando, menos presente, menos previsible. Tal vez esperara que ella llegase justo para interrumpir o para constatar o para dar el visto bueno al nuevo tiempo ahora que fin de curso, fin de siglo, fin y punto. Pero no, Armando, no.

Y ahora la duda. Casi una tontería, una superstición que desde hace años, desde Praga, desde una gitana que les prometió que mientras el frasco no se abriese. Olvida la cadenciosa lentitud con la que ha ido descubriendo a este Armando imposible, vuelve a la sala, y sale casi corriendo de la habitación. Todavía Chet Baker, la repisa en donde los libros, un par de fotos, el billete de avión, pero no el frasco que estaba justo aquí. Tampoco en la mesa. No puede ser que la ventana abierta, lo hubiera visto caer, o no. Hubiera visto los cristales en la acera, o no. Estaba confusa, quería subir pronto a casa, ni siquiera esperó el ascensor. No es posible que en un acto, cómo decirlo, orgiástico, desesperado, que pretendiera un tiempo nuevo, el final de cualquier otro, Armando, o la propia Gordon's una vez que Armando le contase, y se rieran, y ya ves qué estupidez, desde entonces en todas las repisas de todas las salas, volara por la ventana abierta a la que Marina se asoma y ni rastro de restos del frasco. Pero no es posible que, vuelve al cuarto y tampoco, ni en la cocina de nuevo, ni en el baño, ni en la sala otra vez donde Chet Baker de un manotazo al suelo, revuelve cajones, la cortina, todo lo que ya ha revisado. O se lo ha llevado ella, mejor tíralo tú, yo no puedo, un último momento del Armando de siempre, el Armando que realmente abandonas, no te vayas, tengo que irme, ¿por qué? El Armando que ha estado sentado justo aquí, en este sofá, con Gordon's, tal vez tomados de la mano, tal vez besándose, tal vez buscándose como ellos mismos.

Algo parece brillar bajo su mochila que aparta despacio, que descubre el frasco, decapitado, la tapa justo al lado, el beso ha debido volar por la ventana, claro, por eso sigue abierta. Por eso Armando, tan Armando, ha salido a buscarlo.

24.

No sé por qué precisamente ahora me acuerdo de un artículo de Julio Cortázar que publicaba una revista de coches, unas semanas antes de su muerte, donde reivindicaba la figura del peatón. Lo leí en una de esas tardes de verano y siesta en la que toda la familia dormía y yo, en ese estúpido momento de la vida en el que te crees demasiado mayor para jugar y en realidad eres demasiado pequeño para darte cuenta de todo lo demás, buscaba algún entretenimiento, que casi siempre era la lectura, encontrando unas viejas revistas de mi hermano. Me resultó no sé si curioso o más bien extraño que un tipo demandara la figura del peatón precisamente en una revista de coches, más aun, que utilizara un lenguaje rayando con la poesía que no conseguía entender porque refería a otras obras del autor, a datos desconocidos entonces para mí, a viajes aún por emprender. Se llama *Monólogo del peatón* y supongo que ahora que casi Oliveira (siempre Cortázar) deambulando en busca de cualquier lugar, que irremediablemente es un bar, se me viene a la cabeza más por reivindicar que por peatón. Esas relaciones asombrosas de los cerebros confusos. Y efectivamente un bar. Un tercio. Un documental sobre el sistema solar en una televisión ridículamente elevada sobre un soporte, en la esquina predilecta, como para que los espectadores nos sintamos inferiores, como para mostrar la inmensidad de un Júpiter gaseoso, que por otra parte es como siempre se ha imaginado al dios, ebrio, copioso, flatulento, piensa Armando, que ya va por el tercer tercio, lo que no hace un entero de Armando, eternamente en construcción, ya puestos a embromar con sustantivos. Armando nunca se interesó por los coches pese a aquella tarde. Tampoco se interesó por Cortázar hasta pasados los diecinueve y una selección de relatos en otro verano soporífero. Esa necesidad de sus compañeros por sacarse el carnet de conducir, justo a una edad determinada, como si de una prueba de madurez para ser considerados en la tribu, antropólogo de Damm, le resultaba tan ridícula que casi se negó a conducir por principios, por contracultural, por antisistema. Y ahora *Monólogo del peatón* que Armando sabe, es otra forma de reivindicarse ante Marina.

25.

…que tampoco tiene una explicación lógica —escribe Armando a Nicole en la hojas de una desgastada libreta que siempre lleva en el bolsillo de su chaqueta— como no la tiene escribirte a ti en lugar de contarle directamente a Marina. No encuentro ninguna explicación a por qué me callo cada vez que es evidente que ella quiere hablar de su viaje, me callo cuando dice Raúl o Montevideo o mañana como si no fuera conmigo, como si lo único que se me ocurriese fuera este silencio que a la quinta cerveza ya he cambiado por Ginebra y una mesa pegajosa al final de un bar de la calle Helvetia (más paradojas espaciales, ¿sabías que Uruguay se considera la Suiza del sur? En fin, esas idioteces que solo una ciencia terriblemente opiácea como la Geografía se puede permitir) y tampoco sé qué puedo hacer con esta carta, en realidad un montón de papeles arrugados antes incluso de empezar a escribir sobre ellos, más que un avioncito que acabe planeando dignamente hasta aterrizar a la espera de un zapato que. Anoche tuve un sueño. Marina en la Facultad. Todo de un azul que dolía. Un revisor de tren, también había un vagón de tren, esa deliciosa incongruencia de los sueños en donde los vagones de tren pueden ser azules sin que los revisores se percaten. El revisor me pedía un pasaje que yo no tenía y Marina entrando por la puerta de la Facultad que justo lleva a la biblioteca, esa en la que te vi por primera vez con tu carita de niña perdida buscando tu clase de noséqué estilo artístico y Raquel, siempre tan amable, te indicó el camino de la cafetería donde ya los otros y te convertiste en nosotros. Esa puerta por la que Marina desaparecía, *obviously Mr. Jung*, mientras yo en el vagón de tren y el revisor y una ventana que daba a un bonito amanecer naranja casi Monet. Puedo añadir en mi defensa que mis sueños nunca han sido demasiado originales o que el simbolismo se murió con Amado Nervo. Yo llevaba ya dos años con Marina cuando apareciste, pelirroja tonta, con lo que ni siquiera se me había ocurrido la posibilidad de que la baraja se volviera a mezclar y repartir de nuevo y que entre los millones de posibilidades tú y yo como hoy mismo en el metro y posiblemente hoy sería que Marina se va y nosotros, tan contentos, despidiéndola en el aeropuerto, alzando la vista mientras el avión se eleva, volviéndonos a casa, seguro que abrazados, planeando qué hacer por la tarde, esperando que Marina escriba pronto y nos cuente y nos llegue una carta como esta o más bonita, más formal, más informativa, lo que se espera de las cartas que llegan desde Montevideo. Pero no. Y está bien así.

Cuando me he despertado del sueño Marina estaba levantada. He fingido que seguía durmiendo para poder verla con los ojos entreabiertos, como si todavía soñara, mientras buscaba un pantalón por la habitación. Sus piernas desnudas, desnudas y larguísimas, desnudas larguísimas y unas enormes ganas de levantarme y rodearla y llevar esas piernas de vuelta a la cama y recorrerlas a besos. En lugar de eso he dejado que se marchara a hacer sus fotos como cualquier otra mañana, como si hoy fuera cualquier otra mañana. Anoche apenas nos hablamos. Imagino que ya está todo hablado. Cuatro años dan para hablar muchas cosas, para entender las rutinas del otro, para saber cuándo es mejor guardar un prudente silencio. Por eso la dejé ir esta mañana, por eso anoche nos limitamos a pasarnos el plato de la cena, ofrecernos una bebida, sentarnos juntos a escuchar música y contarnos de la Facultad. Anoche fue cualquier otra noche en la que ya no nos escuchamos y bajamos la cabeza como para vernos solo a nosotros. Creo que necesita sentirse mal. Pero también creo que no lo siente. Yo no me enfado por ello. Marina esperaba una reacción menos racional por mi parte, más, no sé, más mediterránea. Justo esto mismo. Emborracharme. Soltarle toda la mierda que te escribo a ti. Que acabará aterrizando bajo cualquier zapato que es donde habitualmente se acumulan las mierdas de los demás. Creo que por eso Raúl, que es casi una excusa infantil, ¿no te parece? Tampoco hemos hablado de Raúl. Se ha limitado a decir que se marcha con él, así, con la cabeza agachada, me marcho con él. Nada más. Como para darme el motivo de construir un recuerdo desagradable, que Marina se convierta en algo que reprochar cuando la piense. Así es más fácil para la Marina racionalista, la Marina cuadriculada que tiene una explicación para lo inexplicable. Así que he querido mantener a Raúl al margen. No he hablado con él, ni él me ha buscado. Raúl no existe, y me temo que él mismo conoce su inexistencia.

¿Si no es eso, qué es? Y ya me ves, irlandesita loca, borracho y escribiéndote por reusar el penoso trámite de la rendición. Imagino que nos hemos rendido a la evidencia de un nosotros sin nosotros mismos.

También yo me he ido. Justo después de que Gordon's haya estado en casa. No, no te preocupes, no ha pasado nada. Es cierto que he estado a punto de besarla pero la cordura o yo qué sé, o que Gordon's tampoco se merece... De pronto parece que fuera al revés, que yo pretendiera que se marchase sin posibilidad de remordimiento. Que tomase el avión casi como una liberación. Que Montevideo sea el inicio de algo nuevo en donde yo mismo pueda diluirme entre calles con nombres ajenos, o películas que no veremos juntos, o almohadas en donde esperará Raúl, con quien terminará acostándose para cerrar el círculo que por fin me excluya. No sé cómo explicártelo, Nicole. Visto desde fuera parece hasta ridículo. Los dos pretendiendo que el otro quede fuera de sospecha, con la tranquilidad de quien se sabe en la razón, la ¿tranquilidad? que debe dar saberse el engañado y no el traidor. Ya ves. Así de tontos somos. Pero no he podido besar a Gordon's, Nicole, y me he ido, y cinco cervezas y dos ginebras después, Nicole, necesito un lugar en donde golpearme hasta sangrar todas estas palabras que debería haberle dicho a Marina, Nicole, y que ni siquiera te digo a ti, que las escribo, que en apenas unos segundos arrugaré en estas manos que ya no son manos sin Marina, Nicole, en estas manos que buscan un cigarrillo, un billete, que guardan la vuelta en el bolsillo. Estas manos que requieren de cualquier calle en donde perderse.

26.

No dejó que el teléfono sonara más de tres veces. Raquel, todavía en la cama, hojea uno de Rodrigo Fresán que se ofrece en la mesita de noche con la tapa semiabierta. Prefiere escuchar de todos modos, haciéndose una cola de caballo, que en la otra habitación ya su novio descolgando, encendiendo un cigarro, acercando una silla que suena a terrible chirrido y deja el libro de nuevo para sujetarse las piernas por las rodillas y colocar la mejilla sobre ellas. La piel se le eriza, sabiendo que Armando.

—¡Jupiter es enorme! —dice Armando desde el otro lado—. Ya sé, me vas a decir Canadá es enorme, el océano Atlántico es enorme, pero Júpiter, tío, Júpiter sí que es enorme —dice intentando que quede claro que es más enorme que cualquier otra enormidad—. Lo acabo de ver en la tele. Han puesto un documental sobre Júpiter, ¿te das cuenta? Tenía que llamarte.

—Esas sorpresas de la televisión vespertina. ¿Estás borracho?

—Es muy probable, pero no deja de ser contingente en cuanto a las dimensiones jupiterinas. Es importante aclarar que enorme es un concepto absoluto. Fíjate que no he dicho grande que requeriría de una comparación, más grande que tú, por ejemplo, digo enorme por la necesidad de usar palabras que eviten malas interpretaciones, palabras que no admitan más que su propio significado sin que el otro pueda aportar significantes. —Una pausa que el novio de Raquel no sabe interpretar, porque se puede interpretar como que necesita tomar aliento o como esa extraña racionalidad que confiere una sobredosis de alcohol, lo que aprovecha, en todo caso, para otra calada.— Lo has visto, ¿verdad?

—Has dicho el otro.

—En realidad quería decir…

—Pero la realidad no es un concepto absoluto.

—Eres un poeta horrible, aunque como amigo resultes bastante aceptable. ¿Sabes cuántos satélites tiene Júpiter a su alrededor?

—No caigas en eso —dice el novio de Raquel, que ahora se siente en la obligación porque no se considera un buen amigo y sin embargo sí un buen escritor, aunque Armando haya dicho poeta—. No caigas en el símil barato, sabes hacerlo mejor.

—No sé cuántos tiene. Tampoco importa, ¿verdad? A lo mejor están haciendo un documental sobre los satélites de Júpiter en este momento. Júpiter era el Dios del *foreing office* romano, ¿no?

—Entre otras cosas.

—Asuntos exteriores. De ahí a Marina volando el Atlántico hay un paso. También dije Atlántico, ¿no?

—Pero Júpiter es más grande.

—Júpiter es enorme.

—Júpiter era solo un dios —dice el novio de Raquel, que sabe de dimensiones—. Y ella es el mar.

—Sí, eres un poeta horrible.

—¿Dónde estás? ¿Por qué no te vienes a casa? Estoy con Raquel, tomamos café, charlamos.

—No, ahora necesito caminar un poco, dormir tal vez. Ducharme. Esta tarde es lo del Viejo, no quiero ir como un mamarracho.

—Como quieras. En un rato estaremos en el Salamanca. Te llamamos.

Cuelgan después de ese silencio que significa que la conversación se pospone para más tarde, porque las conversaciones entre ellos solo pueden posponerse; no se terminan nunca.

Raquel parecía débil y pequeña cuando entró en la habitación y quiso besarle las manos y los ojos pero ella prefirió vestirse en silencio y encender un cigarro con el que su novio había dejado en el cenicero de la mesita mientras hablaba de que el principio de *Martín Hache* está basado en un relato de Fresán y mira la tapa del libro como si acabara de leerlo y en realidad no pasara nada, así que es ella quien pregunta y su novio solo dice que está un poco borracho, que se le pasa pronto. Raquel discreta y colegio de monjas no pregunta si se le pasará cuando se marche Marina, pero es obvio, es como el nombre que no se debe pronunciar, como una enfermedad, piensa él, que sabe leer en sus ojos y sabe que no es que Raquel, madre, hermana mayor, novicia vocacional, sino que Raquel puede que incluso enamorada. Pero pensar en Raquel y Armando es pensar en él mismo y Marina, con lo que prefiere seguir con Adolfo Aristarain y Raquel, que tampoco quiere, le ofrece el cigarro, sus labios, el humo que los envuelve.

27.

Prefiero el cuánto al cuándo, el cómo al dónde, el qué al porqué, el tú al todos los demás.

28.

No le extrañó encontrarse con Marina nada más abrir la puerta, la maleta al final de la mano, una deportiva desatada, un gesto casi de perro abandonado. Se apartó para dejarla pasar en silencio. No sabía dónde ir y era pronto aún para esperar en el aeropuerto. Las esperas en los aeropuertos siempre son tan decepcionantes, decepcionantes y previsibles.

—He preparado algunas excusas —dice a modo de saludo cuando el Viejo abre la puerta.

—Prometo intentar no entender nada.

—La primera era dejar aquí la maleta, prefiero no volver a casa.

—Esta también es tu casa —Y se aparta para dejar que pase con ese paso casi triste de quien se sabe ya lejos.

Marina se fija de nuevo en el cuadro de la mujer sin rostro, convencida ahora de que solo puede ser ella quien se asoma a ese acantilado expectante y vagamente nostálgico. Le pareció que a lo lejos podría aparecer en cualquier momento una figura, Armando por ejemplo; Raúl posiblemente, y de ahí el gesto vuelto, el rostro girado y oculto por esa larga melena tan rubia, tan descolocada, tan ahora ya no, mi amor como ella misma en el instante en que deja su maleta en el único rincón sin restos de pintura, el único rincón que no parece el estudio de Zacarías Olite. Justo el único rincón en el que podría sentarse y ser por un momento Marina a eso de las cuatro de la tarde.

—En Buenos Aires conocí a una mujer que visitaba el aeropuerto para fijarse en los viajeros que esperaban. Dibujaba, se inventaba historias sobre ellos, miraba los aviones, quizá buscando uno en concreto. Se contagiaba del optimismo ajeno o de las decepciones. Cuando regresaba a casa me contaba de los lugares a donde no habíamos viajado y nos imaginábamos juntos en ellos. A veces era tan real que no pude hacer otra cosa que enamorarme de ella. Tomé un avión para que esa vez la historia que se inventara fuera cierta. No sé a quién se la contaría a su regreso.

—Parece una invitación a que me vaya y cuente aviones.

—No, claro que no, perdoná si te pareció. Quedate todo el tiempo que quieras. Así me contás las demás excusas.

—No sé qué me pasa últimamente —dice por fin aceptando el cigarro de la disculpa que le ofrece—. Tampoco sabría decir desde cuándo. Estoy rara, estoy como ida, como tonta. No estoy.

—Siempre he creído que ese es el estado natural del ser humano.

—Es algo más, es todo eso, pero con Armando. Tengo la impresión, no sé, como de que no lo necesito, como que no quiero estar con él. —El Viejo la deja hablar. Psicología a la argentina. Estereotipo también, aunque sabe que es mejor que sea ella misma quien diga, quien se diga.— Y no sé por qué. Seguimos teniendo tanto en común; las mismas películas, la misma música, los mismos lugares, no sé qué me pasa. No es que ya no le quiera. ¡Claro que le quiero! Me muero si le pasa algo, es algo más... más...

—¿Te gusta? Digo, ¿te atrae?

Marina bebe muy despacio de la cerveza que el viejo le ha ofrecido mientras habla. Él estudia sus labios. Los labios que encontraría si la mujer del cuadro se girase hacia el espectador. Ese rosa suave al que seguro añadiría rojo o azul o alguno de esos colores inverosímiles, de loco, para que contrastase con su piel tan blanca, tan Madelaine vista así, con la mirada en otra cosa.

—Puede que sea eso también. Me gusta sí, me gusta estar con él, me gusta sentirle cerca. Creo que estoy enamorada de él, pero...

—No sé si valen los peros en estos casos.

—Posiblemente no.

29.

Escribo como si un espejo, como si pudiera ver del otro lado, como si supiera. Escribo porque una vez escribí y caí en la trampa. Escribo como una forma de terminar lo que aún no he empezado. Escribo como si me fuera la vida, porque una vez se murieron mis padres como si uno pudiera morir-se cuando le viniera en gana. Escribo porque ya no puedo escuchar mi voz sin escuchar antes la tuya y necesito del silencio frente al papel en blanco para sentir-me sin sentir-te. Escribo porque te tuve en un abrazo y porque te tengo en los brazos, porque te vi desnuda y para desnudarme contigo. Escribo porque cada cual elige el monstruo que prefiere. Escribo porque se hace tarde y nos vamos haciendo pequeños a medida que van llegando las sombras, porque respirar a veces es muy poco, porque imagino tus labios moverse con mis palabras como si nos besáramos en un tiempo que no es nuestro tiempo, que es cualquier tiempo en el que estamos a solas tú, tan labios, tan mirada, tan manos que sujetan, yo hecho escombros de palabras.

Escribo y más bien sé que te escribo. Escribo para decirte que te quiero sin tener que decirte que te quiero, porque sé que a veces te duele como duelen las verdades. Escribo aunque sé que a veces te duele. Escribo porque se acaba el paquete de cigarrillos y ya te has ido a casa, a cambiarte de ropa, a ducharte como si te sintieras sucia, sé que no es eso pero también es eso, la necesidad de quitarte ese olor a mí que pudiera ser que nos amamos. Escribo porque también es otra forma de echarte de menos o de echarte de mi casa o de mi cabeza cuando no hago otra cosa que crearte. Te escribo aun sabiendo que por más palabras que ponga nunca te concluyo. Te escribo con todo el invierno por delante, como esas veces que nos abrazamos sin necesidad de usar los brazos. Te escribo en las minúsculas de las luces apagadas y en la mayúscula majestuosidad de la ventana abierta. Porque a esta hora gritar se me queda muy vacío y el silencio de un bolígrafo golpeando un papel es el único idioma que comprendo. Te escribo, mi amor, porque en definitiva soy un cobarde y esta es la única forma de esconderme que se me ocurre. Te escribo y a partir de aquí ya todo es reescribir.

30.

—¿Por qué no os sentáis? —pregunta a Raquel con las bebidas en la mano, casi como un equilibrista, porque a esa hora el Salamanca está lleno de jubiladas y frustrados entrenadores de fútbol que, desde que el Salamanca puso la pantalla de televisión, comentan la jornada deportiva o las cada vez más decadentes tendencias de moda.

—Aquí Togliatti reivindicando la propiedad privada —responde a su novio con toda la ironía que Torrellas está dispuesto a soportarle, aunque esta vez encuentra una réplica.

—No es propiedad privada, es derecho consuetudinario, mi amor. Esa es nuestra mesa desde el momento en el que se genera una costumbre que esos simpáticos viejecitos han quebrantado. Tu novia se perdió la clase de *ratio decidendi*.

—Igual soy responsable de ello, me temo, aun así ahí hay otra mesa libre y la cerveza caliente es una costumbre que solo tolero si el aumento de la temperatura es proporcional a la de los consumidores, y este no es el caso, ergo, lo que sea.

—*Obiter dictum* —dice Torrellas, que quiere dejar claro que una vez estudió Derecho o que al menos se sabe esas expresiones que delante de Raquel puedan parecer eruditas aunque más bien lo contrario porque Raquel, que también se sienta junto a su novio, cree que están fuera de lugar—, como una pantalla gigantesca en lugar del piano que hasta hace un par de meses ofrecía un aspecto menos proletario al Salamanca.

—Atrayendo menos clientes —observa Raquel.

—Pero más selectos —añade su novio acariciándole el pelo.

—¡Vaya! Así que la lucha de clases y la selección natural se encuentran en los cafés —añade Raquel dispuesta a entrar en el fango dialéctico en el que su novio y Torrellas se encuentran mucho más cómodos que ella. Para eso Armando, más... más normal parece pensar Raquel que tampoco quería pensar en Armando justo ahora, aunque estén frente a su casa.

—Esto es cada vez menos café y más tasca —quiere dejar claro Torrellas.

—Acepta que tenemos poco en común con ellos —continúa el novio de Raquel dejándola de acariciar de pronto, lo que para Raquel ha sido como si le amputaran un brazo—. No me refiero a la pareja de viejecitos de *nuestra* mesa, ni a la diferencia generacional, que en su caso incluso podría ser una aproximación, igual fueron activos miembros de la resistencia o algo así. No voy por ahí. Voy a los tipos que beben el tercio directamente de la botella y tienen apariencia de respetables encofradores o marmolistas.

—Amén de seguidores de algún equipo futbolístico, dicho sea sin ofender —ofende Torrellas, o al menos Raquel pone cara de ya empezamos.

—Digo, qué tenemos en común con ellos más que este bar, esta hora, una nacionalidad si me apuras, lo que casi invalida desde el principio el mismo concepto de nación. Y sé que me vas a decir que prejuzgo, que las apariencias y que todos esos reproches de siempre, pero parto del estereotipo, igual que nosotros estamos estereotipados, igual que ellos estarán ahí, bebiendo su cerveza y preguntándose qué tienen en común con tres tipos como nosotros, pseudo intelectualoides que creemos que nos las sabemos todas porque leemos a Bourdieu y nos masturbamos con Foucault. Somos, casi te diría, de especies distintas y quiero serlo. No hay nada que me una a ellos y no por clase, cariño, sino por actitud, por intelecto. Claro —dice rápido, porque Raquel está impaciente por intervenir y Torrellas no está muy seguro de si es políticamente correcto lo que acaba de escuchar—, claro, ¿por qué tengo que esconder que leo a Kastoriadis o que escucho a Zappa o que me encanta Win Wenders, solo para mantener una conversación absurdamente plana con unos tipos como esos?¿Por qué exigir que sea yo quien baje hasta donde demonios se encuentren ellos y no exigir que sean ellos los que eleven un poquito su discurso? Pero qué clase de pudor le hemos encontrado de pronto a ser inteligente y con qué desparpajo presumen otros de su ignorancia. Me niego.

—Pero no niegues que no deja de ser paternalista —lo ha dicho cogiéndole de la mano porque no quiere que se le escape, lo que a Torrellas, pobre, le ha parecido casi como un acto maternal y ha ocultado las suyas bajo la mesa— construir un discurso sobre la liberación del proletariado sin querer participar con el propio proletariado. Es como en el chiste, «no se merecen que te acabes

El Capital». Nos pasamos, y me incluyo, por qué no, veladas maravillosas como esta buscando soluciones y estrategias a la lucha de clases para que luego venga uno de esos futboleros de botellín y se quiera comparar con nosotros.

—No he dicho eso, es más, me encantaría que se equipararan, el problema no es de clase, es de intelecto.

—O de intereses.

—O de intereses, como dice Torrellas. Y no hablo de aficiones. Hablo de interesante.

—Igual estás definiendo interés desde tu propia perspectiva, igual resulta que hablar de encoframientos es de lo más interesante — insiste Raquel

—Pero, claro, y no pretendo universalizar, el problema está en que dudo, y puedes llamarlo prejuzgar, que esos —Y señala con la cabeza—, y ahora sí estoy generalizando, que esos entiendan encofrar como un concepto artístico.

—Igual todo es mucho más sencillo —dice Torrellas, que no quiere ponerse en contra de Raquel aunque se sabe más cerca de su novio esta vez—. Igual, como siempre, es una cuestión económica y por tanto de clase. Igual los encofradores, que parece que ya hemos decidido que nos van a servir como modelo teórico, estén manteniendo una agradable conversación futbolística porque las limitaciones académicas, si es que hablar de fútbol supone limitaciones, vienen porque no tenían dinero para pagarse un curso sobre Durero o algo.

Raquel mira a su novio con la cara de quien acaba de ganar Wimbledon.

—Uno de los grandes problemas de la izquierda es que siempre nos hemos creído con una enorme superioridad moral, que por otra parte nos conceden las derrotas, y no somos conscientes de que en realidad lo que hacemos es colocarnos por encima del bien y del mal como si tuviésemos todas las respuestas. Nuestra condición de universitarios, o lo que sea, parece que nos diera autoridad para hablar sin necesidad de pensar y en ocasiones, mi amor, nos sale el clasismo que pretendemos evitar. No estoy diciendo que seas clasista ni que te sientas superior al resto de encofradores del universo, digo que somos y estamos del mismo lado y que no es una buena estrategia hacer diferencias entre nosotros mismos.

—Creí que esta conversación había empezado precisamente porque no encontrábamos lugares comunes con los encofradores —quiere argumentar el novio de Raquel.

—Pues fíjate, mi vida, se han sentado en nuestra mesa.

—Cómo te odio.

—Ven, anda —Y le agarra por el cuello para besarle mientras Torrellas encarga tres cervezas más, y una cuarta cuando llega Nicole, que casi abre de nuevo la polémica al preguntar por qué esos están en nuestra mesa, lo que aprovecha el novio de Raquel para sacarle la lengua a su novia con la intención de que mejor se la muerda y no empiece de nuevo porque entonces podrían entrar en un bucle del que solo se puede salir a besos, y no era plan en mitad del Salamanca a esa hora de la tarde. Ya debía ser tarde al menos para que llegase Armando y demasiado pronto como para que alguno se atreviera a preguntar por Marina, con lo que la llegada de Suso fue casi un alivio a pesar de que fuera Suso.

—¡Despierta! ¡Dispara!

—¡Un gringo en tu casa! —respondemos todos como si de un mantra, como si de una comunión atea que nos une e identifica.

Así somos de tontos, piensa Raquel, que también se divierte con estos juegos y con que Suso se deje caer de vez en cuando con noticias de la revolución que está por llegar de forma inminente y que siempre encuentra algún motivo para retrasarse, algo bastante coherente con esta especie de mesianismo en el que se ha convertido la izquierda democrática desde que el Muro de Berlín se convirtió en un bonito montón de polvo en donde hacer fotografías.

Suso, que ya se ha sentado entre Nicole y Torrellas con el respaldo de la silla dado la vuelta y esa actitud que conlleva sentarse del revés, nada acorde a tener las piernas abiertas, habla de manifestaciones, de carreras, de policías, habla con los eslóganes aprendidos, con las ideas manidas de panfleto resumido. En realidad lo que nos atrae de la militancia decimonónica de Suso no es el compromiso, sino la posibilidad de comprometernos. En algún momento hemos flirteado con la posibilidad de afiliarnos a un partido político con el único objetivo de convertirnos en hombres y mujeres del aparato y poder así destruir el partido. Somos unos anarquistas de salón con un curioso sentido del humor. El problema es que tenemos una enorme pereza no solo al compromiso, pienso mirándole, incluso tomando su mano, mientras ella escucha y ríe con las historias, todos sabemos que seguramente inventadas, que cuenta Suso. Es ese miedo a comprometernos lo que hace que adoptemos esa pose de intelectualoide por encima del bien y del mal, en donde el mero hecho de salir a la calle, decir en voz alta, compartir con otros, nos supone una enorme desgana. Creemos que el compromiso lo podemos gestionar desde un texto escrito, desde un vaso de cerveza, desde una idea que nos ronda y que verbalizamos. Entendemos la revolución como un acto poético, ni siquiera como un acto, puesto que acto requeriría acción, es más bien algo del mundo de las ideas, intangible, ingenerada, indestructible por tanto, platónico, claro, mientras que la revolución desde el compromiso es sensible, mutable, no sé, ¿una ilusión? En realidad (¿pero cómo hablar de realidad?), Raquel sabe que está pensando en Armando mirando sin mirar cómo Suso, cómo los otros, cómo su propio novio que ahora la mira y sabe y ella sonríe y le aprieta la mano como en esos gestos de todo bien aunque su novio es consciente de que no todo bien y enciende un cigarrillo con la mano libre y hace como que también escucha. Pero el compromiso. ¿Cómo pedir compromiso? Es comprensible, y quizá por eso le duela más que Marina haya decidido marcharse, si es que se marcha finalmente, que Marina no pueda soportar un para siempre, como tampoco podría ninguno de ellos. Y ese es otro dolor cuando se pregunta, a veces es tan inevitable, si ella misma…

Torrellas citando a Kastoriadis. Suso que niega ostentosamente con la cabeza para que Nicole no deje de reír mientras el novio de Raquel espera al momento preciso, su cara de jugador experto, esa mirada, para la frase que solo él. Raquel los ve como desde fuera, como los encofradores de nuestra mesa de siempre, que miran en la televisión un programa deportivo, como si no formara parte o no quisiera o el mundo fuera mucho más sencillo que lo que ellos pretenden, como si Armando fuera a salir por su portal, al otro lado de la calle, justo en este instante y se uniera a ellos con la normalidad de la rutina diaria e incluso Marina llegase también y de nuevo todos juntos en lugar de Suso diciendo que el Viejo le había decepcionado aceptando ese premio que recibirá esta tarde en el Ayuntamiento.

—Bueno —ahora cualquiera de nosotros tenía que intervenir, claro, y Torrellas suele ser el más diplomático—, bueno, es una forma de reconocimiento, el Viejo es un gran artista y está acostumbrado a recibir premios de todo tipo. Él siempre se ha mostrado muy crítico con este y con cualquier otro Ayuntamiento.

—La política se la suda —se siente Nicole en la obligación de añadir, y de usar algo soez porque ha aprendido que en español suele ser más contundente, pero con acento irlandés queda casi ridículo y a Suso le resulta muy fácil contraargumentar.

—Por eso mismo, creo que siendo tan crítico con este Ayuntamiento y siendo tan pretendidamente apolítico, debería rechazarlo.

—No es apolítico, de hecho es imposible ser apolítico porque todas las personas, por el mero hecho de ser, son políticas —dice el novio de Raquel—. Zacarias Olite recoge el premio, supongo, no porque se considere merecedor sino porque no se considera desmerecido por ello.

—A veces nos hacemos una imagen de la gente que admiramos y pretendemos que cumplan con nuestras expectativas sin entender que ellas tendrán las suyas propias sobre sí mismas —dice Raquel, que no deja de pensar en Armando y en Marina— y tendemos a la decepción, decepción es justo lo que has dicho, porque nosotros hubiésemos actuado de otro modo. Sin darnos cuenta de que ese nosotros le anula a él. Ese nosotros es una imposición de nuestros propios modelos de conducta, y en este caso la decepción es más bien frustración.

—No me siento frustrado y sí decepcionado, con lo que desde el primer momento tu argumento no es válido —parece que se enfada Suso.

—Antes de que Raquel te diga qué no es válido… —su novio la conoce demasiado bien— paguemos y vayámonos al Ayuntamiento que se va a hacer tarde.

—No ha venido Armando —hace notar Nicole, que había guardado un discreto silencio desde el improperio.

Salimos a buscarle conscientes de que, aun estando en casa, no iba a abrir.

El metro huele a martes por la tarde, esa mezcla de desazón y vino barato, sudor y sueños incumplidos. Suso les acompaña hasta dos paradas antes del Ayuntamiento. Una conferencia sobre el Muro de

Berlín, ahora que diez años y todo sigue siendo lo mismo, o peor, piensa Suso que tiene datos, que cita a reputados economistas, si es que quedan reputados economistas a la izquierda, ahora que todos han decidido pasarse al lado fácil. La economía es cíclica. Suso dice «tasa de desempleo», dice «índice de pobreza», dice «inflación», esas palabras tan grandes que abruman, más si van acompañadas de números con varias cifras, más si se pronuncian con vehemencia entre el ruido imposible del metro y los bostezos sin apenas disimulo de Raquel que se ha quedado sin siesta y eso le resulta más irritante que todas las desigualdades que provoca el capitalismo salvaje que dice Suso.

—Podías haberte ahorrado lo de salvaje —apunta Torrellas, tan preciso en la gramática—, el capitalismo es salvaje por defecto.

—Por exceso, más bien —sonríe el novio de Raquel, que se mira los zapatos un poco aburrido, tampoco ha tenido siesta y además está preocupado porque Armando no aparece—. ¿Y la gente sigue enamorándose en la Alemania, diez años después? —Ese artículo, piensa Raquel, que conoce a su novio mejor incluso de lo que ella misma cree.

—¿Qué tiene que ver eso ahora? —pregunta Suso, que se ve que no tenía datos al respecto.

—No, digo, igual el amor es capaz de vencer al capitalismo salvaje, el amor salvaje vence al salvaje capitalista, hagamos el amor y no el capitalismo.

—El amor no te da de comer.

—Y cuando falta te quita las ganas —responde su novio, tan serio que a Raquel le parece Marcelo Mastroiani en *Sostiene Pereira*, y le da hasta miedo imaginárselo envejecido, envejecido y antifascista a su manera, envejecido, antifascista y burlando a la censura con esos juegos de palabras que solo él, la Alemania, la personificación del campo de batalla, no se puede vivir del amor en la Alemania sin muros y con desempleo, y aun así hay quien se enamora y hasta Suso lo sabe, justo cuando llegamos a la estación en donde se baja porque conferencia sobre el Muro de Berlín.

Y nosotros seguimos hasta el Ayuntamiento que en definitiva es otro Muro de Berlín menos visible y en donde el Viejo recibe un premio porque a algún funcionario, a algún asesor más o menos desorientado, se le ha ocurrido que es un vecino ejemplar, que merece un reconocimiento porque pinta cuadros y expone en galerías y a veces escriben sobre él en los periódicos, algún asesor que no sabe realmente quién es Zacarías Olite, que bastaba con comprobar algún archivo de indeseables, que seguro que debe existir, para encontrarse con alcoholismo, drogadicción, escándalo público, amores frustrados, intentos de suicidio, en fin, cualquier estereotipo que encaje en la imagen de artista paranoide del siglo XX. Y a nosotros también nos sorprendía que El Viejo hubiese aceptado el reconocimiento, él que también en eso, en la sociopatía, encaja con el perfil de pintor medio loco, él que apenas sale de su estudio, que cree que el mejor futuro para la humanidad es la extinción, él que nos tolera porque debemos hacerle gracia, porque le confundimos con un vagabundo necesitado cuando un jueves cualquiera nos lo encontramos tirado en un portal y nos dijo que pretendía un escorzo de Caravaggio pero que la edad y que la luz y que por más que lo pretendía tampoco Dios en esta ocasión, con lo que aceptó nuestra ayuda y parte de la cerveza que llevaba Torrellas, porque la otra parte se derramó como un llanto cuando intentamos levantarlo y el tobillo roto y los ojos rojos e idos y nos dio una dirección equivocada y toda la noche para encontrar su estudio mientras nos hablaba de Buenos Aires, de San Francisco, de Jackson Pollock, de Fontana, puteando, cojeando, agarrándose a cualquiera de nosotros, llamando Laura a Marina porque le recordaba a un antiguo amor, insultando a las piedras y a los escalones cuando por fin dimos con su piso, cuando por fin Zacarías Olite y su tobillo hinchado y morado y un eterno agradecimiento para que no nos fuésemos, para que al menos quedase alguien con quien seguir maldiciendo, alguien a quien increpar porque no había luz suficiente, porque llevaba siete años sin acabar esa pintura que aún hoy sigue intacta desde entonces, porque no encontraba una caja de metal que quería enseñarnos porque de repente éramos los tipos más grandes del mundo y quería compartir algo que nunca supimos, pero desde entonces compartimos tantas otras cosas y sobre todo aprendimos incluso en esos momentos en que casi rozando el *delirium tremens*, como si el cónsul británico, parecía hablarse a sí mismo o a todos esos fantasmas que solo él era capaz de encontrar, incluso cuando nos daba miedo e intentaba, sin éxito, ponerse agresivo, incluso cuando aceptaba un premio del Ayuntamiento, algo que nunca hubiésemos imaginado, aun sabiendo de lo impredecible del Viejo loco o quizá por eso, se ha vuelto completamente loco y, pero no, espera, ¿no estaba loco ya antes?, pregunta Torrellas cuando el tren se detiene y Nicole tamborilea en las puertas como siempre hace y Raquel se deja abrazar por su novio mientras busca las invitaciones que miran con desconfianza los policías en la puerta del Ayuntamiento y que dejan pasar porque Nicole habla en inglés y nosotros respondemos en un italiano inventado y ese sentimiento de inferioridad del policía patrio que se viene abajo ante una pelirroja de veinte y acento extranjero.

31.

Marina estaba sentada en la fila de butacas, frente al escenario, aún casi todo el mundo de pie, algunos que se retrasan, otros que creen mantener una conversación, otros que disimulan un saludo. La prensa colocando sus cámaras, Torrellas reconociendo concejales y calificando a cada uno de ellos. Una enorme bandera decimonónica tras las sillas desproporcionadamente grandes, encajadas ante una pequeña mesa en donde micrófonos, vasos con agua, los nombres de los ponentes en cartulinas que la luz, tan artificial como blanca, no dejaba leer. Nicole acababa una frase en donde había incluido las palabras moqueta y LSD como solo ella sabe hacer y proponía acercarnos a Marina ya que el Viejo no se dejaba ver por ninguna parte. Marina jugaba a hacerse rizos con su pelo, en claro signo de aburrimiento y suspiró profundo al vernos, levantándose, señalando los asientos de su fila, tal vez buscando a Armando porque miró por encima de nosotros hasta toparse con los ojos de Raquel, que ya le confirmaban, y decidió sentarse de nuevo cuando ya todos parecían decidir que podría ser un buen momento porque el concejal de Cultura había dado un paso al frente, lo que en el protocolo institucional, dedujimos, debía significar que el que se mueve sale en la foto, porque inmediatamente los fotógrafos se pusieron nerviosos, haciendo como que apuntaban con sus objetivos lo que le sirvió a Nicole para preguntar a Marina no sé qué del contrapicado de una descomunal y tenebrista tela del XVII que pretendía decorar la pared opuesta a nosotros, aunque ni mucho menos. Torrellas quería fumar y yo también pero Raquel no nos dejó salir diciendo que iba a empezar enseguida, como mienten las madres a los niños inquietos y aun así, pese a que el concejal de Cultura o, no, es el de Educación, ahora corrige Torrellas, que en realidad se sabía los calificativos pero no los cargos, ya se había colocado frente a un atril, a la izquierda del escenario, a nuestra derecha, observó Raquel más que nada para entretenernos con esos juegos verbales, y soplaba al micrófono como se deben soplar los micrófonos comprobando que uno tiene aire y el otro sonido, respectivamente, y en efecto un sonido como de tren que se aleja y una sonrisa de concejal para invitar a que guardemos silencio, aunque ninguno acepta la invitación porque ya por un pasillo lateral el Viejo, el alcalde y una señora que no adivinamos y que luego resultaría crítico de Arte, como si eso no fuera una contradicción, haciéndose un hueco entre *estrechamanos* profesionales y demás habituales de los ayuntamientos. ¿Y cómo sabes quiénes son los habituales de los ayuntamientos?, pregunta Nicole, siempre dispuesta a enmendar a Torrellas, a lo que este ya no puede responder porque el concejal de Cultura, o de Educación, pedía silencio mientras ocupaban sus lugares en la mesa, el Viejo a la izquierda, el alcalde en el centro, la crítica de Arte a la derecha, y sobre todo Armando que llegaba justo para quedarse en pie, al fondo de la sala, pese a que le hacemos un gesto que no pasa inadvertido por quienes se sientan a nuestro alrededor y nos recriminan con las miradas y sus trajes con corbata. Así que Armando solo sonríe para confirmar que nos ha visto y se cruza de brazos y parece incluso escuchar con atención el saludo, luego de un nuevo soplo, por si al micrófono le hubiera dado por desconectarse, algo que hubiese resultado bastante más soportable que el panegírico anodino y lleno de lugares comunes que ahora el concejal de Cultura, o de Educación, interpreta para presentar a los protagonistas y decir que el Arte y que el orgullo de esta ciudad por contar entre sus vecinos, lo que el Viejo agradece con un gesto amable de la cabeza y una media sonrisa tan ajenas al Zacarías Olite que nosotros conocíamos y admirábamos como esa americana oscura o esa barba recortada. Al menos el pelo revuelto y los ojos casi transparentes, que igual es lo que se espera en un artista, ese toque de locura genial, ese toque de informalidad que pueda identificar entre la masa, cuando acabe el evento y se confundan los asistentes en corrillos improvisados, «al receptor de este reconocimiento», dice el concejal, «cuyo mérito no es solo captar la realidad con ojos de soñador, sino hacernos partícipes de ese mismo sueño de telas empapadas en colores». Algunos concejales de Cultura, y de Educación, deberían leer menos a Paulo Cohelo, le digo a Raquel, que casi suelta una carcajada mientras Marina pone cara de vergüenza ajena y busca a Armando que ahora se ha movido un poco, es difícil aguantar en pie cualquier discurso de más de tres minutos, y queda en el ángulo de visión de su ojo derecho, más aun si, como ahora, gira sin disimulo la cabeza y le mira, y él le devuelve la mirada hasta que un fotógrafo se mueve y pasa delante interrumpiendo sin querer, como suelen ser las interrupciones, y Marina vuelve al concejal que acaba de presentar a la mesa y se hace un silencio sin que Armando le grite no te vayas, lo que aprovecha el alcalde para decir cualquier cosa fuera de lugar en ese preciso instante.

Y tras él, luego de una más que prescindible aportación de la crítico de Arte, como suele ser habitual en casi todos los casos, el Viejo se levanta en sus casi metro ochenta y cinco, dejando aun más pequeños al resto, entre los aplausos de los asistentes, incluso nuestros aplausos, que ya casi nos hemos integrado también en toda la parafernalia, mientras el alcalde le entrega una especie de diploma y las llaves de la ciudad, que el Viejo sostiene sin saber muy bien qué hacer con ello, al tiempo que se dirige a sus compañeros de mesa con un gesto que casi parece de amabilidad o agradecimiento, incomodándonos un poco porque seguimos sin reconocerle, o tal vez sin reconocernos en este Zacarías Olite envuelto en la bandera decimonónica del fondo, en la luz tan blanca, en la enorme mano que se lleva a la boca como para toser aunque en realidad suspira acercándose al micrófono que le cede el concejal de Cultura o Educación, ahora ya todos en pie mientras los asistentes nos volvemos a sentar y dejamos de aplaudir. El ritual aprendido.

—Nunca pensé —dice— que este Ayuntamiento quisiera otorgarme ningún premio, sinceramente, como nunca pensé que, dado el caso, viniera a recogerlo. Esa postura del artista comprometido cuyo papel pareciera el de rechazar cualquier reconocimiento si procede de instituciones públicas, en aras de una pretendida independencia. No creo que, en la mayoría de las ocasiones, sea más que eso, una postura, una pose, no sé si ante un público ya entregado o ante uno mismo para sentirse bien. Mira qué libre. Mira qué transgresor soy que me conceden un premio y se lo lanzo a la cara, aunque en realidad no se lo lanzan a la cara, aunque en realidad se esconden detrás de una rueda de prensa o de un comunicado, por otra parte ya manoseado y tan repetido que incluso deja de ser creíble. Pensaba en Eróstrato, ese griego que quemó el templo de Diana con el único objeto de que su nombre fuera conocido públicamente. En ocasiones, cada vez que alguien rechaza un reconocimiento como este —Y se detiene un segundo en el diploma y en la llave todavía en la mano, y parece que piensa antes de seguir—... tengo la impresión de que realmente está contemplando su propio incendio. La verdad es que todavía no me quedan claros los motivos por los que el Ayuntamiento decide que debo ser merecedor de este diploma, de esta llave, por más que el alcalde haya leído, con muy buena dicción, debo añadir señor alcalde, lo que le haya escrito la persona que le escribe sus discursos, tal vez el mismo que encontrara mi nombre relacionado con la pintura y pensara que un tipo más o menos desconocido como yo, un tipo en quien la fama nunca se detuvo, aceptaría sin causar problemas este reconocimiento, como así ha sido, evitándole de paso al Ayuntamiento el bochornoso momento en el que alguien nos rechaza. Previendo, tal vez, que un premio procedente de este Ayuntamiento pueda ser rechazable, si éste, además, se concede a una persona relacionada con el mundo de la Cultura.

—La va a liar —me dice Marina, que le conoce mucho mejor que el resto, y es verdad que a mí también se me está antojando como una introducción al cataclismo mirando al alcalde que no sabe si debe sonreír o no, que busca en el concejal, incluso en la crítico de Arte que estará más acostumbrada a los caprichosos discursos de los artistas, sin encontrar el rictus adecuado.

—En cierto modo el Arte Contemporáneo actual ha pasado de subversivo a pataleta, de contestatario a niño mimado, de innovador a conservador, y posiblemente en ello tengan mucho que ver no solo las capacidades intelectuales de quienes se consideran artistas, sino también las de quienes se consideran espectadores —frase que provoca a la persona de nuestra derecha un ligero gesto parecido a la incomodidad y al alcalde ganas de carraspear, mientras el Viejo continúa ahora parece que hasta divertido—. Y es este evidente descenso en la intelectualidad media lo que, imagino, provoca que este señor versado y que llamamos alcalde por no encontrar un sustantivo mejor decida representar el papel para el que tan democráticamente ha sido elegido por nosotros, el pueblo, y me conceda esta llave tan grotesca como enorme lo que imposibilita, por otra parte, abrir cualquier puerta de dimensiones cotidianas. Porque, estimado público que hoy ha decidido acudir a este acto, posiblemente por el ágape consiguiente, o para flirtear ante sus desconocidos, estimado público, digo, qué paradoja es que una llave sea incapaz, no ya de abrir sino de cerrar ninguna puerta de esas que mejor suelen estar cerradas que abiertas de par en par, expresión esta que nunca he entendido, pues abrir puertas a pares suele ser un proceso más complicado aún, que portar esta inmensidad de llave que invita a imaginar una casa habitada por extraños gigantes o por minúsculos hombres sobredimensionados. Pensemos, si se lo pueden permitir, señores y señoras, cómo es posible que podamos ahora aplaudir sin tan siquiera mirarnos nuestras manos tan diminutas, sin sentirnos ninguneados por quienes pretenden que, tal vez, metamos esta monstruosidad en el bolsillo de nuestro pantalón. ¿Es posible que esta fuera la causa de aquellos artistas del pasado que rechazaron este reconocimiento? ¿Es posible que no contaran con un bolsillo del tamaño adecuado como para que el alcalde pudiera introducir en él el premio oportuno? Y puede que yo mismo no tenga otra opción más que renunciar a esta llave, a este diploma naíf a la labor ciudadana —lee, ante los murmullos cada vez más audibles de los espectadores, que se miran interrogándose, del mismo modo que el alcalde y la crítico de Arte y el concejal de Cultura o de Educación que duda, nervioso, si intervenir arrebatándole el micrófono al Viejo o dejarle seguir la perorata o dimitir del cargo en ese mismo instante— por su aporte en el mundo de las artes Don Zacarías Olite que, seamos sinceros, señor alcalde, usted ni siquiera sabía quién era Zacarías Olite hasta que esta misma mañana alguno de sus asesores le habrá indicado, como señora, perdone pero acabo de olvidar su apellido, señora crítico de Arte, usted tampoco sabría porque soy un pintor de reconocido desprestigio lo que me excluye de cualquier sonrisa, incluida esa que pretende disimular sin demasiado éxito sus dudas sobre mi estado mental. Pero lo suficientemente cuerdo, señoras y señores, estimado público que ahora alborota como los niños al finalizar las clases, y que seguro están pensando si esta desagradable experiencia va a malograr también los canapés y el espumoso que estarán abriendo en alguna sala contigua unos más que avezados empleados de alguna subcontrata. Me veo obligado, señoras y señores, niños y niñas, a rechazar esta distinción que no me hace distinto de ustedes, por más que ahora arroje esta llave, este diploma a este impoluto suelo en el que las lágrimas de esa señora que en la tercera fila se pregunta para qué perdió el tiempo en maquillarse, de ese caballero que ahora se comporta como si no lo fuera y forcejea por subir al estrado alzando el puño derecho —Para entonces ya algunos de los murmullos son claramente abucheos, incluso pataletas o silbidos que Torrellas, divertidísimo, pretende contrarrestar con aplausos que ya no dejan escuchar al Viejo, porque el concejal en un último intento de recuperar su cargo intenta hacerse con el control del micrófono y del tempo, forcejea levemente con el Viejo que no tiene ninguna intención de aferrarse al micrófono, pero sí a la palabra y grita, ahora sin necesidad del altavoz, y los ujieres intentan desalojarnos una vez que nos han identificado como parte de los alborotadores y el alcalde protege a la crítico de Arte porque se teme que Zacarías Olite pueda ser peligroso, porque tiene el pelo más alborotado y los ojos más vidriosos y el blanco de las luces, que no dejaba leer los nombres de los ponentes, ha bajado la intensidad frente a los intensos abucheos que podemos oír desde el pasillo, en donde a empujones nos han llevado algunos ujieres y otros espectadores que hablan de farsa cuando Torrellas les llama burgueses y les acusa de ignorantes y pide que le devuelvan la dignidad a la política y esas cosas que solo Torrellas, mientras Raquel se agarra fuerte de mi brazo sin dejar de reír, y las fotos que hace Nicole anticipan tardes en las que volveremos a experimentar la misma sensación de euforia que el Viejo retirado del escenario por otro ujier un poco más presto, y posiblemente obligado a excusarse ante quien corresponda justo cuando Marina y Armando se colocan, producto de la algarabía, uno frente al otro, y se miran y no se dicen, no se gritan, no se besan.

32.

—Hoy no te he visto en todo el día —podría decir Armando.

—Era una opción –cabría esperar de Marina.

—¿Había otra?

—Ser valientes.

—Nunca se nos ha dado bien.

—Esto tampoco está saliendo demasiado bien —dice cualquiera de los dos.

Aunque a Armando le parece que la performance del Viejo ha sido brillante y Marina sonríe empujada amablemente por un empleado del Ayuntamiento mientras todavía duda de si será una mera cuestión gramatical que Armando se decante por acabar una frase en subjuntivo, o será otra forma de decirle «quédate» frente a la luz transparente que ahora va apagándose como una metáfora en la que un triste funcionario pulsa un interruptor. Alguien grita «libertad de expresión». Marina da media vuelta. Armando cree que olvidar era la otra opción y quiere verbalizarlo pero ya tras él se cierra la puerta del salón en donde el silencio sorprende a un corredor a gritos, el clic de una cámara, el «por favor» sin sentido en mitad de una algarabía, «por favor quédate», confundido en el «por favor, tiene que marcharse», del ujier, más acertado como siempre lo son los ujieres. Armando sin opción a negar la evidencia de que de pronto la tarde ya es noche, de que una mano le sujeta tibia por el brazo evitando la sensación de vacío que acompañan los monólogos innecesarios, como innecesariamente Marina se vuelve para comprobar que Armando justo detrás de ella por el corredor enmoquetado al que les ha dirigido el ujier, lejos de la alborotadora estupefacción en la que debían estar aún los asistentes a quienes se les escuchaba preguntar si eso era todo, si definitivamente arrojar una enorme llave al suelo, un diploma arrugado, suponía el final de una prometedora velada. Armando camina despacio fijándose en cómo el larguísimo cabello de Marina se balancea en su espalda. La misma rítmica rutina que pareciera pasear por entre las salas de un museo, que sugerirá después un café, que hojeará las páginas de una revista como si cualquier otro martes. Armando detrás. Armando siempre tras ella. Esa sensación de estar persiguiendo. Marina inalcanzable, Marina espalda infinita por la que tantas veces sus labios, sus manos en apenas un roce, las noches en que bastaba alargar el brazo para saberla del otro lado. Del otro lado. Marina siempre del otro lado. Marina espalda de sueños en los que tal vez el azar, pura estadística, él también pudiera ocupar ese espacio tan íntimo, tan desprovisto de asideros, tan propio de Marina callada, que nunca contaba sus sueños al día siguiente, como si de una maldición, como si fuera mejor no saber qué sueña Marina. Tal vez Raúl, tal vez Montevideo, tal vez estar sola por fin. Pensar en todo eso en lugar de Marina, «no te vayas, por favor», que en mitad de un pasillo vacío del Ayuntamiento no deja de ser incluso cómico, sorprendente en todo caso para el ujier que se detiene de golpe como queriendo decir que en realidad tienen que marcharse, aunque comprende en seguida por el gesto de Marina. «No es el momento.» «Y cuándo, Marina, apenas nos vemos, apenas nos hablamos.» «Armando, por favor», mirando nerviosa al ujier, al final del pasillo que parece bifurcar en lo que se adivina una salida, se llega a notar también un cierto aire cálido del exterior. Parados como en una mala película. Marina se lleva la mano a la frente. Armando se impacienta. El ujier les señala finalmente la salida en donde la calle es una calle y las esquinas son esquinas y Marina cierra los ojos, Armando se disculpa en un abrazo. Marina se deja caer sobre su hombro. «No seas tonto. Estás es tu derecho. Soy yo quien te deja.» «Te quiero», dice cualquiera de los dos. O los dos.

33.

Fuera se agolpaba una muchedumbre como solo saben agolparse las muchedumbres de tal modo que unos hablaban a gritos con los más alejados, que otros se arremolinaban para acceder a cualquier tipo de información, que bien podría variar desde un atentado contra el alcalde a que acababan de secuestrar a alguien y posiblemente todo fuera cierto, que otros más pisoteaban fuerte, fumaban sin parar, gesticulaban o miraban sin ver. Torrellas estaba exultante en la otra acera desde donde explicaba a todos los que quisieran escucharle e incluso a los que no quisieran. Nicole encontraba un nuevo ejemplo de algarabía mediterránea sobre la que teorizar mientras practica la observación participante, riéndose junto al policía de antes. Raquel, sin embargo, prefería la discreción del segundo plano y los soportales en donde su novio encendía otro cigarrillo buscando con cara de preocupación a Marina y a Armando, a quienes había perdido de vista ya cerca de la salida.

Había empezado a anochecer y tampoco había rastro del Viejo cuando Torrellas propuso algo como una celebración pronunciando palabras evidentemente desmesuradas, como apoteosis o apocalíptico, a la espera seguro de que con el resto del abecedario encontrase más adjetivos inverosímiles y desproporcionados. Sabía que no me iba a decepcionar, repetía una y otra vez. Esa actitud casi de fan(ático) incondicional. Había que celebrarlo, claro, el premio, el no premio, la performance o lo que hubiera sido aquello y el Van Gogh siempre había sido el punto de encuentro perfecto y, como Armando y Marina no aparecían, a Raquel se le antojó la mejor opción, por si más tarde se les unían. Era su última noche, recordó con poco acierto Nicole, de lo que se arrepintió al instante, por no parecer tampoco demasiado alegre ante la posibilidad de un Armando sin Marina, aunque ya para todos era evidente. Era la última noche con Marina para todos, recordó el novio de Raquel así que parecía una buena opción el Van Gogh, más aun cuando martes por la noche y ninguna expectativa mejor. Además se había frustrado el ágape en el Ayuntamiento, y eso que Torrellas había ensayado una pose burguesa, lo que le sirvió a Nicole para volver a señalar la inquietante facilidad de Torrellas por meterse en el papel del pequeño burgués venido a más y ya, calle abajo, otra de esas discusiones absurdas que tanto cansaban a Raquel, que prefiere caminar un poco más despacio agarrada al brazo de su novio, pensando que esa misma mañana había afirmado con cierta rotundidad que no necesitaba un novio y sintiendo ahora casi el apremio de caminar en un abrazo que posiblemente en realidad quisiera darle a Armando. Ese sentimiento maternal de Raquel, se decía así misma.

34.

Marina y Armando habían llegado antes al Van Gogh callejeando por las calles menos transitadas, en un silencio de manos enlazadas y miradas que preferían refugiarse en el humo de los cigarrillos. Así, envueltos en el humo que subía hacia el retrato de Madame Josset colgado de la pared del fondo, en el silencio de las nueve menos cuarto, un par de cervezas como parapeto, los codos en la mesa, casi enrocados, los encontraron el resto al entrar. Sonríe Armando. Les ve Marina que tenía la cabeza vuelta hacia la barra y al girarse en realidad miró por sobre sus hombros esperando encontrar a Zacarías Olite al que tampoco habían visto ellos, es más, al que creían con Marina y Armando, aclaraba Nicole, que le gusta aclarar situaciones oscuras, aunque su observación tampoco concluía en dónde se había metido el viejo. Lo que por otra parte no era óbice, opinaba Torrellas, para no celebrar con algo más que esas dos tristes cervezas. Tristes no era el mejor adjetivo, pensó Raquel, que ya colocaba una silla junto a la de Armando y saludaba a Marina, a quien no había tenido oportunidad en el salón del Ayuntamiento, y a la que Marina devolvía el saludo con cierta sonrisa cansada que Raquel siempre había relacionado a las fechas de exámenes más que a las vísperas de una rendición, que era como Raquel calificaba para sí misma, o para su novio en los momentos en que necesitaba hacerlo palabra, Uruguay, Raúl, la beca, y el pobre Armando que dejaba libre un huequito pequeño de la mesa para que el codo de Raquel junto a los suyos, aunque finalmente tuvieron que juntar dos mesas cuando llegaron los chicos con algo de comer y más bebidas y ganas de hablar pese a que Raquel siguió conformándose con el huequito que le dejaba Armando. Raquel y esas pequeñas señales que solo Armando como Jacob podía entender. Raquel, «de formas agraciadas y de hermosa apariencia». Raquel, que sabe que al menos deben pasar siete años hasta que Dios permita que Jacob (¿Armando?) pueda yacer en su lecho, y aun así esperará otros siete si fuera necesario, hasta que los hijos de Israel puedan volver del exilio. Marina hebrea y de apellido impronunciable piensa que incluso podría ser hasta un bonito final si ella desparece por fin para que Raquel y Armando (¿Jacob?). Aunque Raquel con ese loco novio poeta al que seguro nunca podría abandonar. Raquel, después de todo, es la madre que llora por todo un pueblo, la responsabilidad asumida de la laboriosa tarea. Raquel no se puede permitir amar a ningún otro, aunque lo ame, mientras el compromiso de que justo al otro lado su novio coloca una de esas manos finas, de pianista, sobre la suya. Y rodea el respaldo de su silla en un abrazo que abarca casi todo el Van Gogh. Para Raquel debe ser dolorosamente agradable sentirse en el centro de ese extraño triángulo, piensa Marina, mirándolos de frente, notándose tan ajena, no solo a ellos, al grupo en general, a la ciudad, a ella misma, a este fin de siglo y quinto de Filología que ya pregunta ¿y ahora qué?

—Brindemos —propone Torrellas—. Por el viejo y esa capacidad de sorprendernos. Os confieso que tenía una pequeña esperanza de que hiciera algo así, de que se atreviera a tirarle al alcalde el premio a la cara.

—En realidad lo ha tirado al suelo —dice Marina, que todavía es capaz de distinguir el suelo y la cara del alcalde

—Ha sido apoteósico, lacaniano, ha sido el desprecio a lo banal que cualquier alcalde suele representar, que cualquier politicastro de turno se merece por parte del verdadero intelectual comprometido —sigue el torrente verbal de Torrellas, que una vez coincidió en un bar con Tola—. Hemos asistido a la génesis del arte postcontemporáneo. La performance del siglo XXI acaba de nacer a seis meses de la muerte del XX —añade alzando su copa—. Por el Rosebud del tercer milenio. Huyamos a…

—No se huye a —interrumpe Raquel, cansada de que ningún otro lo hubiera hecho todavía—, se huye de —esperando una aseveración, al menos un gesto, de Marina, que confirmase. Pero Marina no solo es una experta en el idioma, sino que también sabe de huir a, y se limita a mirarse en la miel de los ojos de Raquel por si todavía Jacob.

—Hazle caso —dice su novio, siempre dispuesto—. Raquel se sabe todas las preposiciones, desde la a hasta la d.

—Siempre tan alfabéticamente ordenada —acepta Torrellas.

—Os olvidáis del verbo —se defiende Raquel.

—En el principio era el verbo —dice Marina.

—En el principio era Rosebud —dice Armando.

—Ahí es donde yo quería huir —amenaza Torrellas con continuar, por lo que Nicole, que había soportado con paciencia británica toda la conversación, no puede más que intervenir

—¿Por qué siempre llega un momento de la noche en que os ponéis insoportables?

—No es cierto, Pelirroja —corrige el novio de Raquel—, por el día somos exactamente igual de insoportables.

—Aguas dormidas golpean día y noche tu cintura de arcilla, y en tus costas, inmensas como los arenales de la Luna, el viento sopla por mi boca y un largo quejido cubre con sus dos alas grises la noche de los cuerpos —recita Armando, que inmediatamente apuesta a que no saben el autor para intentar restarle el efectismo que en realidad no trataba.

—Demasiado elaborado para ser tuyo; García Montero.

—No.

—Más atrás; Caballero Bonald.

—No.

—No, debe ser de un americano cursi.

—Octavio Paz —dice Marina—. Y no es cursi. Es más, estoy segura de que a Nicole le ha encantado —añade con la más malvada de las intenciones.

—Claro que me ha encantado, aprendí español leyendo en parte a Octavio Paz.

—A Octavio Paz es mejor leerlo por partes —bromea el novio de Raquel, que quería haber acertado.

—En realidad no lo recitaba solo para Nicole. Pero me alegro de que haya servido para desvelar de dónde le viene a Nicole su buen gusto.

—Por las chicas que se lo ponen fácil a sus futuros novios —brinda Torrellas, con más ganas de celebrar.

Nicole se va haciendo más pequeña y más colorada en su asiento, así que Raquel intenta echarle una mano.

—Somos lo que leemos... y lo que no leemos, ahora que lo pienso. Y a medida que vamos incluyendo títulos iremos transformándonos. Los libros nos regeneran, nos marcan, nos definen, son como las células de nuestra vida hacia afuera.

—Como arrugas.

—Como cicatrices.

—Pero claro —dice Torrellas, que empezaba a estar en ese momento justo en que la lucidez se confunde—. Ahora, con toda esta mierda del milenio y del fin de siglo, ya habréis leído no sé cuántas encuestas sobre lo mejor del siglo, las mejores películas, las mejoras novelas, lo más leído, lo más… no sé qué… —Y necesita beber una vez más como para aclarar las ideas—. Pero, ¿para cuándo un estudio sobre los libros que no leemos, las películas que nunca hemos visto? Y no hace falta universalizar, centrémonos en nuestra generación, ¿qué no lee nuestra generación? ¿Qué ha decidido ignorar como si de una seña identitaria? Y, sobre todo, ¿por qué? Una encuesta que diga «¿usted por qué demonios decide no leer a Perec, o a Cortázar o a Panero?» ¿En qué se convierte un tipo que nunca ha leído a Octavio Paz, por seguir con el ejemplo. En un tipo anodinamente feliz, imagino. ¿Entiendes ahora por qué estoy enamorado de tu novia?

—Pero no es un problema generacional —dice Marina, que se siente casi obligada—. En cualquier otra época también hubo autores minoritarios tremendamente buenos e innovadores, como seguro que también los hay ahora, el problema es más bien nuestro, que pretendemos, por eso de aparentar la superioridad ética del intelectual, situarnos al margen de cualquier novedad para evitar caer en eso que tanto detestamos y que llamamos moda. En realidad nos creemos transgresores y caemos, sin querer o sin evitarlo, en el conservadurismo. No digo que no haya que conservar a cualquiera de los Panero, Rayuela, Gil de Biedma, lo que sea, pero a veces nos obcecamos tanto que rechazamos de plano algo solo por desconocerlo. También nosotros seguro que nos estamos perdiendo a grandes autores de nuestra propia contemporaneidad.

—No es solo eso —dice Armando—. Y no digo que seguro nos estemos perdiendo grandes autores, pero estos también son minoritarios y desconocidos no solo para nosotros por ese supuesto esnobismo que no voy a negar, y hasta es muy probable que ahora mismo alguien esté escribiendo la gran novela del siglo XXI. Yo voy a los *grandes* autores de nuestro momento, a los autores de éxito, a esos tipos que salen en los periódicos, que venden miles de ejemplares, que se presentan como voz autorizada. No puedo anticipar qué papel tendrán en la Historia de la Literatura pero mucho me temo, o tal vez me alegre, que la mayoría desparecerán en treinta años, y sin embargo, si te fijas, hace treinta años los autores más vendidos eran García Márquez o Fuentes o Borges, por mencionar solo una aparte del plantea, y esto, estarás conmigo, respondía posiblemente a la existencia de un lector medio mucho más exigente que el lector medio actual.

—Pero también a una sociedad concreta —quiere intervenir Raquel—. Es que ahora los valores sociales son otros, no sé si muy distintos, pero sí diferentes de los de hace cuarenta años. La Literatura, como cualquier expresión artística es reflejo de un contexto histórico social y que los autores más vendidos hoy sean mucho más mediocres que los más vendidos entonces puede ser más bien una consecuencia y no la causa de la imbecilidad generalizada, que en eso sí estoy de acuerdo.

—En ningún momento ha dicho imbecilidad generalizada, mi amor, pero coincido, si además añadimos que la Literatura se diseña hoy desde parámetros que tienen más relación con los beneficios del cuerpo que con los beneficios de la mente. Alguien monta una editorial con el mismo entusiasmo como el que monta una pescadería, y con el mismo planteamiento estratégico. Por eso abundan, por ejemplo, esos libros de enormes dimensiones. Es más rentable para el negocio editar mamotretos de 500 páginas, aunque sean infumables, que libros de calidad con solo 120, los primeros los puedes vender a un precio mucho mayor, igual que se vende el pescado: al peso. Así que al final es una pescadilla que se muerde la cola, si me permitís que continúe el símil. Los lectores consumen un pésimo producto porque las editoriales venden un mal producto, pero se vende bien porque los lectores no lo rechazan. No sé exactamente cómo salir del círculo. Los lectores no encuentran libros alternativos y consumen la bazofia que les dan creyendo que eso es Literatura.

—Nosotros hemos encontrado lecturas alternativas —Nicole tan europea.

—Editadas en décadas anteriores. Y vuelta otra vez.

—Pero, ¿para qué leemos? —pregunta Torrellas como preguntan los que saben de antemano la respuesta—. Porque luego están esos tipos que dicen que no quieren leer una novela que les haga pensar demasiado, que prefieren pasar un buen rato, como si pensar fuera pasarlo mal, y que se entretienen con cualquier panfleto barato que les distraiga durante un viaje en el cercanías, tal vez hacia un trabajo absolutamente alienante. Así que igual también hay una estrategia maravillosa por parte del sistema, sea lo que sea eso del sistema, para que nos volvamos unos imbéciles, que aunque no se haya dicho ha quedado bastante implícito, y tenernos entreteniditos.

—Ahora se están poniendo de moda esas novelas históricas, que seguro es eso, solo una moda, como en los setenta fueron las de ciencia ficción, esto no deja de ser historia-ficción. Y no sé si les habréis echado un vistazo pero la mayoría son infumables. No me refiero a que haya errores históricos ni nada parecido, realmente suelen contar con un trabajo de documentación muy bueno. Ese es el problema —dice Armando, que quería dejar en suspense unos segundos la respuesta al problema porque justo el camarero con más bebidas—. El trabajo documental es tan bueno y tan exhaustivo y ha llevado tanto tiempo que los autores quieren reflejarlo y no saben cómo, con lo que les queda una redacción absolutamente inverosímil, en donde un general romano le cuenta a otro que están esperando la llegada de las tropas de Sila «quien tras distinguirse en las guerras cimbrias, viene a Roma para instaurar la dictadura en un intento por restablecer el statu quo...» o mierdas como esas. El autor se ha dado un baño sobre quién es Sila y parece que se siente en la necesidad de contar todo como si se tratara de un examen.

—Eso es porque es un mal escritor —responde Marina, posiblemente pensando en alguno en concreto—. Pero también hay quien lo hace muy bien.

—La clave está en no forzar nada —dice el novio de Raquel—. Y en evitar lo superfluo. Cuántas veces hemos leído párrafos y párrafos de tediosas descripciones absolutamente innecesarias sobre el vestuario, sobre la decoración de un cuarto, sobre las inclemencias meteorológicas que realmente no aportan nada a la trama, ni crean ambiente, ni definen situaciones. Si algún día me decidiese a escribir una novela sobre vosotros, y creedme que me da para algunas páginas, y si tuviera que transcribir esta conversación, por ejemplo, ¿realmente sería necesario describir el Van Gogh, o contar con detalle qué hemos cenado, o adjetivar el vestido de Nicole más allá de extremadamente corto para esta época del año?

—¡Gilipollas!

—En realidad era un cumplido, cariño —A lo que Raquel responde tosiendo como tosen las esposas, así que su novio prefiere la crítica literaria—. Seguro que con todas esas descripciones me encontraba en seguida con trescientas páginas, pero ¿quiero escribir trescientas páginas sobre el color de las paredes del Van Gogh?

—Es igual, seguro que lo ibas a tergiversar todo. Seguro que mis frases se las pondrías a Armando porque tiene más pinta de intelectual que yo, aunque por suerte todos sabemos que yo soy realmente el intelectual del grupo. Ahora, te prometo que compro la novela si haces una descripción detallada del vestido de la Pelirroja.

Nicole le da un puñetazo en el hombro a Torrellas, mientras Armando bebe con un gesto como de alegría contenida. El último día con Marina es algo que no se le va de la cabeza. Raquel le roza la rodilla con la suya. Se miran de reojo. Sonríen y casi hubiesen brindado si no fuera porque Torrellas insiste en adelantárseles y proponer un penúltimo brindis, esta vez por las novelas que están por escribirse. Raquel advierte que su novio ya lleva varios cuadernos de notas. Y Marina parece, al menos desde aquí, la Marina de siempre, quiere creer Armando, que también busca la rodilla de Raquel casi más por seguridad que por contacto físico.

—Si alguna vez escribes una novela, hazme un favor, cámbiale el nombre a mi personaje, ¿quieres? —pide Marina.

—¿Por qué? —pregunta el novio de Raquel—. ¡Me encanta tu nombre! Suena a maldición hebrea de la primogénita. ¿Y cómo quieres que te llame?

—No sé… siempre me gustó Marina, como mi otra abuela.

Y de pronto la noche.

35.

El Viejo había llegado a Salvador Seguí cruzando Casaldáliga. Hubiese sido más lógico llegar por Fransesc Ferrer, pero no era momento de sutilezas ideológicas, se dijo encendiendo un Ducados con el pucho de otro que acabó en el fondo de la lata de cerveza que acababa de vaciar, ya iban unas seis, mirando a su alrededor cómo se despojaba la tarde de nubes y turistas con recuerdos en bolsas o en cámaras fotográficas colgadas del cuello, cómo llegaba una noche de primeros de mayo y luna y farolas con sombra.

Tampoco es que la salida a empujones del Ayuntamiento le hiciese sentirse orgulloso pero sí, al menos, una sensación como de tranquilidad a la que seguro que el paseo, que este banco de piedra, que esta luz casi de Koltai, contribuían, pero también, y ahora se sonríe un poco para sí, la cara de imbécil que el alcalde o que la crítico de Arte, el estupor de buena parte del electorado, el ujier, entre amable y severo, indicándole que por favor, que abandone el estrado, que tome esa puerta, ese pasillo. Nadie había recogido del suelo las llaves de la ciudad, el absurdo diploma, uno de los rótulos con los nombres de los ocupantes de la mesa, lo que en el fondo era un símbolo más de lo fútil del Arte o de los premios o de la política, o incluso, de los martes por la tarde en donde el humo de un Ducados infestándole los pulmones de nicotina y alquitrán y esa sustancia impredecible de la satisfacción. No creo que lo tuviese preparado. De hecho Zacarías Olite era tan anárquico que difícilmente podía negar su argentinidad, que por otra parte llevaba con una mezcla de orgullo y resignación. Su método de trabajo se basaba en lo que él llamaba expirar (en contra de la inspiración). Había que expulsar y no guardarse nada, lo que provocaba un resultado de tachones, mezclas, colores superpuestos, que la crítica llamaba estilo y el Viejo «estos imbéciles del carajo no tienen ni puta idea». Vendía poco pero bien. Lo suficiente como para tener un nombre y un grupo de niñatos seguidores que poco más que le adorábamos. No sé en qué pensaría el viejo Zacarías Olite sentado en un banco de Salvador Seguí cuando dos cigarrillos después, seguro alguna puteada, cierta pose estereotipada o simplemente las ganas de seguir caminando sin rumbo, le hicieron tomar la calle del puerto y llegar hasta el Vips de Princesa.

36.

A la salida del Van Gogh ese breve momento de incertidumbre. La necesidad de nuevo de tomar más decisiones. Nicole ya llega tarde al cierre del Colegio Mayor y casi prefiere seguir toda la noche deambulando, total, tampoco iba a poder dormir, demasiada cafeína, y además a Raquel le parece que ha quedado un martes perfecto como para subir al acantilado pese a que amenaza, a lo lejos, lluvia. Miércoles ya —dice Torrellas—, pero perfecto también para pasear. A veces le concedemos a la cafeína poderes que le corresponden realmente a otro —piensa en voz alta el novio de Raquel—, a un nombre de mujer, por ejemplo. También podemos bajar al puerto. ¿No pasa nada si no llegas al toque de queda? Pasa que se queda con nosotros y eso que gana. ¿Por qué no te alquilas una habitación? (Ninguno se atreve a imaginar que ahora Armando igual necesita una nueva compañera de piso, y seguro que a Nicole...) Porque me gasto el dinero del alquiler en cines, por ejemplo. Nos quedamos sin ver La delgada línea roja. No te pierdes gran cosa. No es cierto, he leído que. Los nombres masculinos desvelan igual. Desvelan o revelan, mi querida fotógrafa. Es pretenciosa, y demasiado larga. Motivos más que suficientes para que le gustase a una británica, ¿no? ¿Bajamos porque la opción acantilado está descartada? ¿Cuándo la hemos descartado? Es lo que tiene la democracia, amor. No hemos votado. Me refería al seguidismo. Una caricia desveladora (de las que recorren el velo) tras el que intentaba ocultar Marina su aparente comodidad aunque no sabe mentir. Quedó demostrado justo la primera noche en que mencionó a Raúl, Montevideo, la posibilidad de marcharse, la necesidad de nuevo de tomar más decisiones tras un breve momento de incertidumbre.

Raquel caminaba ahora un poco adelantada, agarrada del brazo de Armando, que se dejaba contar sobre Aristófanes resbalándole por la cara como un humo afectuoso, como un sudor resignado que Raquel debió notar y se detuvo a sacar un pañuelo que no hizo falta porque Armando se pasa dos dedos por la frente como un tenista esperando el saque del rival, mirando a los ojos iluminados de Raquel bajo una farola que le teñía un poco azul el pelo sobre los hombros, un poco pretexto cansado para pronunciar algo que Armando no le permite con un estás muy guapa esta noche, que escucha y corrobora y completa Torrellas ya alcanzándoles, pero un poco triste, también. Cansada solo, pero me apetece seguir caminando un poquito más, dice ella tomando sin disimulo la mano de Armando que aprieta fuerte, esos códigos de viejos amigos, no te preocupes, sí me preocupo, que dejan a Torrellas todavía en Aristófanes y un poco en la luz de las farolas, a merced de que Nicole, esta vez más avispada, se les una para advertir de que aquí al lado podemos comprar una botella y más abajo sentarnos en Plaça Sant Lluc que ya está cansada de este atraso de país pre industrial y presocrático, y pre-tencioso, añade Armando por darle una visión de conjunto.

—…tampoco quiero que si regreso sea para buscarnos con la esperanza de encontrar lo mismo que dejamos, como si el tiempo o como si nosotros mismos pudiéramos ser inalterables. No quiero confirmar que habremos extrañado un eco, una imagen, un recuerdo, que ya no somos y que eso suponga, posiblemente por cabezonería, por negación, no poder ni siquiera compartir un espacio… —Ahora que Marina empieza a hablar en pasado parece cada vez más consciente de que en apenas unas horas se habrán agotado las explicaciones, aunque como suele suceder generarán otras dudas y a ese bucle lo llamamos capacidad de raciocinio o huida a Montevideo según nos dé.

«Al menos queda abierta la posibilidad del regreso», le recuerda el novio de Raquel. «Claro, aunque solo sea para presentar mi tesis. Aunque solo sea para ver a los amigos. Eso siempre, prometo escribir. No demasiado, ya lo sabes, pero escribiré.» Para entonces ya estaban a la altura de Torrellas, que había preferido esperar fuera, fumando, con la media sonrisa del pistolero desarmado.

—Cuando presentes la tesis pasarás a formar parte de la elite intelectual de este país. Es una gran responsabilidad —le dice a Marina—. Una responsabilidad generacional incluso. Somos la generación mejor formada en toda la Historia de este país. Casi todos somos universitarios, ese milagro de la Educación Pública, casi todos tenemos aires de grandeza, casi todos hemos viajado, hemos leído, hemos visto. Tío, tú que eres antropólogo deberías hacer un estudio o algo. Antropólogo, ¿ves? Un ejemplo más de que este país se moderniza cuando alguien puede perder cinco años de su vida estudiando lo que sea que estudie la Antropología.

—La ironía no es uno de tus fuertes, Carles —responde el novio de Raquel, que cuando le llama por su nombre es que realmente se ha sentido ofendido.

—Pero tiene razón —dice Marina—, al menos en lo generacional. Y en el tono, si quieres —Y acepta uno de los cigarrillos que Torrellas le ofrece como si fuera un tributo—. Podríamos hacer una encuesta sobre qué es lo que han leído esos universitarios, qué han visto, a dónde han viajado. Cualquiera puede terminar una carrera pero ser universitario es algo mucho más complejo.

—Igual de complicado que ser ciudadano. No olvidemos nuestras responsabilidades para con la polis —se anima Torrellas—. O para con nosotros mismos, ya como individuos. Hemos crecido sabiendo que la democracia, que el capitalismo, que Walt Disney, que el honor, que la fama, son valores esenciales de nuestro modo de vida, es más, sabemos de la caída de cualquier sistema alternativo al liberal, incluso hemos vivido de primera mano la desaparición de uno de ellos, por más que Suso se empeñe en que todavía. Ser la élite intelectual de este país a día de hoy consiste en confirmar esos valores como los únicos auténticos y verdaderos, o caer en la desgracia del ostracismo y de los adjetivos. ¿Qué crees que le va a pasar desde hoy al Viejo? ¡No van a volver a exponerle una obra en toda su vida! ¿Y nosotros? Espero que no cambiemos demasiado en los próximos, digamos… diez años. Me conformo con seguir alegrándome de ver a estos tres salir de cualquier parte con una botella en la mano.

—¿Y a este qué le pasa? —pregunta Nicole, que sale de cualquier parte con una botella de vino en la mano.

—Ha pasado de la euforia al pesimismo en tan solo unos minutos; o está borracho o se nos ha enamorado —aclara el novio de Raquel, aunque en el fondo sabe que tiene razón. Como lo sabe Marina que no ha querido seguir hablando y prefiere retirarse un poco del grupo y tras ella Armando, que le pasa la mano por la cintura, le acerca la mejilla a la suya, le sopla en el oído.

—Más te vale que sea lo primero —le advierte Raquel—. Los efectos secundarios de lo otro suelen ser menos llevaderos, y duran más.

—Lo otro. Es la forma más maravillosamente gráfica que he oído para referirse al amor —se burla su novio.

—Más bien es al revés, está el amor y luego lo otro.

—Bebe, anda —Le pasa la botella Nicole para que Torrellas termine de emborracharse, no vaya a ser que efectivamente el amor...

37.

Una ciudad es un cementerio con edificios altos, escribió Jeff West refiriéndose a Vancouver, en donde todavía te encuentro / y aunque los dos estemos muertos / nos sonreímos al tiempo desde nuestros cadáveres (*We smile, at the same time, from our skulls*). En ocasiones la calavera tiene forma de frasco de perfume que emerge en la pronaos de un restaurante en donde el Viejo se siente esperando a nadie, esperando a nada. El mismo Moris le prestó la edición chilena de los poemas de Jeff West, para cerrar el círculo que ahora le circunscribe casi como una soga en el cuello a esta pequeña tienda de variedades que antecede al restaurante, en donde hacen cola y se entretienen varias parejas que, como él, se mezclan entre estantes con pilas de libros de autoayuda, o películas olvidadas que provocan a las parejas la necesidad de algún gesto que les haga agacharse a mirar y sonreír y valorar la penosa actuación de algún penoso actor. Más allá, cerca de la entrada al reservado, un anaquel medio vacío de supuestos objetos para regalar en algún momento de desesperación: flores plastificadas, diminutos muñecos de ojos fosforescentes, frascos de perfume como el que ha hecho que Zacarías Olite, que nunca entraría en un restaurante como aquel, se detenga. Mis veintitrés años —debería pensar—, yo también he estado aquí una vez, yo también pregunté por un perfume, justo este perfume, yo también eché de menos y he olvidado. Cerró los ojos como en un desmayo. El viejo Zacarías Olite borracho de todos estos años que vuelven de pronto al tiempo desde nuestros cadáveres. Ahora se acordaba de Buenos Aires, de los libros al peso de la calle Ventura, de cielos altos como promesas y plazas con tardes arboladas. Un cierto gusto a tabaco le vino a la boca. La necesidad de notar de nuevo sus labios de falda hasta la rodilla y clases de violín. Parada de espaldas frente al Río de la Plata, buscando, por si al margen izquierdo la sudestada le acomoda el pelo dejándola ver Uruguay. Los empleados, amables, acompañan a las parejas hacia el interior del restaurante. Zacarías Olite se queda solo y cuarentas años de golpe. Todo se va, Marina, pensaría en voz baja. Vivir es decir continuamente adiós, con la esperanza del reencuentro. Todo lo demás, los poemas de Jeff West, los restaurantes, las películas innecesarias, la humedad relativa del aire, no son más que complementos circunstanciales, imágenes que se deshacen en la olvidadiza memoria de algún estudiante de Secundaria.

El de seguridad declaró, después, que el hombre del pelo alborotado se quedó como paralizado. Como paralizado, dijo también la cajera sin un mejor adjetivo que encontrar, ante la estantería de los regalos baratos y los libros de Paulo Cohelo.

Según la versión oficial, Zacarías Olite cogió un frasco de perfume, le dio varias vueltas en la mano, leyó otras tantas la etiqueta y, con la naturalidad de cualquier hombre con el pelo alborotado, se bebió casi todo el contenido de un solo trago. Después el relato deriva hasta lo inverosímil. La cajera habla de espasmos y vómitos sin precisar por parte de quién (no creo que el Viejo…). El de seguridad habla de agresiones y zarandeos. Otro cliente asegura que se bebió hasta tres frascos. El encargado le pidió que pagara lo consumido, esas urgencias pecuniarias de los encargados, petición a la que el Viejo se debió negar y de ahí los zarandeos y ¿el vómito? En la declaración de otro testigo se insiste en que el viejo recitó un poema de Lautremont, parece que al terminar dijo el nombre del autor ante el desconocimiento del auditorio, justo antes de salir a trompicones, y ya iban dos en una sola noche, del Vips de Princesa con el esófago abrasado, un fuerte rodillazo en los riñones y el océano Atlántico sangrando por cicatrices de más de cuarenta años, abiertas de nuevo después de lo que, al día siguiente, la prensa definió como asalto con intimidación. Lautremont suele dejar mal herido casi siempre a quien escucha.

38.

Plaça Sant Lluc no está en el recorrido de ninguna de las tradicionales rutas nocturnas de la ciudad, ni confluye en ella ninguna calle con más historia que la de sus propios vecinos. Alguna vez se cuela en la prensa escrita que aún mantiene ese gusto por lo que siguen llamando sucesos (aquello que sucede. Lo violento. Está lo que sucede y luego el amor… que no deja de ser violento…). Tal vez un navajazo, casi siempre de un par de ebrios marinos, extranjeros se apresurarán a aclarar los locales, que acaba sin mayores consecuencias que una noche en comisaría y una mañana de reguero de sangre en la acera e imaginación desmesurada en los portales. Es pequeña. Es apartada. Y está justo aquí, señala Raquel, que conoce bien el barrio y además tiene ganas de sentarse.

—Torrellas pretende que dentro de diez años sigamos bebiendo a morro de esta botella, no sé si de esta misma, pero a morro seguro que sí —le cuenta a Raquel su novio, que entiende que el tema aún no está agotado.

—Por mí vale —responde y bebe y se deja caer junto a él, preguntándole al propio Torrellas:—. ¿Y eso?

—No es exactamente eso. Es una sensación como de que todo se acaba.

—¿Todo?

—Yo qué sé, acabamos la carrera, acaba el siglo, Marina se va en unas horas —Marina se deja abrazar por Armando, que la rodea desde atrás cuando Torrellas enumera—. Parece como que entramos en otra cosa, no sé cómo llamarlo.

—Llámalo fase depresiva. Viene justo después de la fase eufórica que tenías hace un momento. Tienes una cogorza de manual, amigo.

—Llámalo vida —prefiere Raquel, que reprocha con la mirada la ironía de su novio, y que habla pensando en Armando—. La vida no es más que esto, una sucesión de acontecimientos más o menos dolorosos, más o menos agradables, del todo imprevisible y que siempre acaba antes de tiempo.

—Bonita definición —dice Armando.

—Por eso estudia Filosofía.

—¿Para hacer bonitas definiciones? Para eso ya tenemos a la filóloga.

—Y al escritor.

—Estudio Filosofía por algo mucho más prosaico: por Santiago Auserón.

—¡Anda! Eso no me lo habías contado —confiesa su novio, que le encanta estar en esa fase en la que descubrir a Raquel tiene ese algo de desenvolver un regalo, de desnudar un cuerpo, de encontrar lo inesperado.

—Ya ves, estaba enamoradísima de Santiago Auserón, y ahora que es esa hora en la que se desvelan los secretos os diré que sigo enamorada. Leí una entrevista en la que contaba que había estudiado Filosofía, y si os fijáis se nota mucho en sus letras, tienen un trasfondo muy profundo, son muy elaboradas…

—Bueno, es más original que la consabida historia del profe joven y atractivo que te hizo pensar por ti misma y que…

—Algún día Raquel será esa profesora estereotipada.

—¿Por qué tiene que ser un profe joven? —pregunta Marina—. Mirad lo que hemos aprendido con el Viejo.

—Y lo que seguiremos aprendiendo.

—El Viejo tiene algo de arquetipo, también, y nosotros de discípulos. Parecemos un rebaño. Y yo encantada de formar parte del rebaño, ¿eh?, pero a veces caemos en la mitomanía o como se diga —dice Nicole.

—Es un encanto cuando tiene la deferencia de decir «o como se diga» para que no parezca que una irlandesita loca maneja mucho mejor que nosotros nuestro propio idioma.

—Yo no creo que sea fe ciega en el Viejo, creo que nos sentimos a gusto, nos encanta que nos cuente, esos prontos que le da de vez en cuando. Nos encanta como artista y es verdad que porque responde a cualquier estereotipo que nos hemos creado sobre cómo debe ser la vida de un bohemio, pero como ejemplo a seguir Zacarías Olite es horrible, admitámoslo. Es verdad que esa independencia, esa vuelta de todo, hasta montar, sin importarle, una performance como la de esta tarde para dejar en evidencia al alcalde y a todos esos idiotas nos resulta muy atractiva, aunque ya lo veremos mañana en el periódico, lo construirán de tal modo que el que haya quedado en evidencia sea el propio Viejo. Pero tampoco es que se preocupe en exceso por nosotros. De hecho, creo que le importamos más bien poco. Que, incluso, se siente un poco abrumado porque seamos tan pesados con él.

—Yo sí me siento escuchada con él, y creo que da buenos consejos —Armando asiente también con la cabeza, las palabras de Marina—. Igual es que yo, nosotros —dice señalando a Armando (y es un «nosotros» que a Armando le ha parecido un mundo)— tenemos una relación más próxima con él. Yo, prácticamente, le veo todos los días y Armando igual. Vosotros tal vez pasáis menos tiempo con él. Es cierto, a mí me lo ha dicho alguna vez, que se siente como que os pueda decepcionar, nos pueda decepcionar, porque siente que le demandamos unas respuestas que él no sabe darnos, pero yo creo que solo con estar, con escucharnos, ya hace mucho. Es ese profe estereotipado que decías. Supongo que es lo que estamos buscando, y también está relacionado con lo que decía Torrellas al principio, parece como que necesitamos de esas personas de referencia, igual que necesitamos de lugares de referencia para hacer de eso que Raquel ha definido como vida, algo más o menos llevadero. Y en ese sentido, no solo él, nosotros, también somos nuestras propias referencias. Por eso ante la posibilidad de que algo pueda cambiar nos sentimos inseguros. Es muy probable que tú mismo o que Nicole, que también es huérfana y además vive en un país que no es el suyo, entendáis mejor de lo que hablo y que sepáis explicarlo también mejor. Por mi parte, por supuesto que marcharme mañana me genera una inquietud difícil de superar, no quiero irme, aquí tengo muchas rutinas, muchos espacios compartidos a los que me cuesta renunciar, Armando por supuesto, o el Viejo, o vosotros, o mi familia, pero vivir también es tomar decisiones en esos momentos más o menos, para seguir con lo que decía Raquel, y sé que tengo que irme, lo siento así —Y ahora parece que le habla solo a Armando— y no sé por qué ni cómo explicarlo…

—Es una cuestión de prioridades —responde el propio Armando, que cree que empieza a entender y, además, quiere ayudar a la mujer de la que está enamorado—. Supongo que no nos basta con comer tres veces al día, con una cama cómoda, con algunos libros y algunos besos.

—Pero, como todo el mundo —dice Torrellas.

—No, no como todo el mundo.

—Otra vez con la excepcionalidad —protesta Raquel.

—Y tampoco creo que seamos excepcionales. Esta mañana el Viejo me decía lo mismo, que en realidad no existen las excepciones o que en todo caso sirven para confirmar una regla. ¿Veis? Otra vez el Viejo. ¿Veis como sí puede ser un buen ejemplo a seguir aun con todos sus defectos? No digo que seamos excepciones. Como todo el mundo, nos generamos unas necesidades sin las que no sabemos o no queremos vivir. Lo que nos difiere son las necesidades en sí. Habrá quien no pueda vivir sin ir a un museo y habrá quien pueda vivir perfectamente sin haber visitado uno en su vida, y tendrá seguro una vida plena. El problema es qué entendemos por vida plena, si uno puede ser completo sin haber visto un Magritte.

—O un Olite.

—O un Olite. Desde nuestra perspectiva es imposible tener plena conciencia sin haber experimentado el Arte, por ejemplo. Más aun, entendemos que es imposible tener conciencia sin entender el Arte. Por más que nos pasemos horas frente a una obra, si no somos capaces de percibir será un ejercicio carente de valor. Pero fijaos que estoy diciendo plena conciencia sin atreverme a decir plena conciencia de qué, ¿de nosotros como humanos?,

¿de nosotros como colectivo?, ¿de nosotros como individuos?, ¿no somos un pelín pretenciosos? Y entiendo que eso es parte de nuestra propia personalidad, no solo individual sino colectiva. Somos seis pretenciosos intelectualoides que creemos tener conciencia de algo que no sabemos bien qué es y que casi por principio rechazamos a quienes prejuzgamos que no nos aportan nada, o que no llegan a nuestra excepcionalidad o lo que sea. Puede que Raquel sea la menos esnob de todos nosotros, porque incluso Nicole, no me lo niegues, tienes esa aureola que siempre te gusta sacar de chica europea, de chica crecida en London, de chica de artes, que por otra parte nos encanta —Y aquí tiene que tener cuidado porque el discurso iba encaminado a pedirle, por a fin, a Marina que no se fuera y empieza soltándole un piropo como ese a Nicole, así que, continúa Armando— y de verdad que somos excepcionales, porque, y no sé si eso confirma alguna regla pero no me importa, somos los únicos tipos que en este preciso instante estamos aquí, en esta plaza, a esta hora, planteándonos qué será de nosotros no ya en el futuro, como una especie de entelequia ignota, sino en los próximos cinco minutos, cuando nos levantemos de este banco, cuando nos volvamos a casa, cuando Marina tome ese avión. Y a mí me gusta formar parte de esta excepcional forma de entender cómo quiero pasar una noche de martes o de miércoles o del día que sea hoy, que ni siquiera me importa, ni el año, ni si es el último año del siglo o hasta el próximo no llegará el XXI o lo que sea. No me importa. Me importa ahora. Me importa este momento en el que estoy a gusto con la mujer a la que quiero, con mis amigos, con esta botella que va de mano en mano... Y ahora Raquel dirá que esto no tiene nada de excepcional. Forma parte de la condición humana, dirá su novio antropólogo. Somos animales sociales y no somos sin los demás, dirá Marina pensando en Machado y, ¿sabes?, es muy posible que tengáis razón. Es más, la tenéis, pero vosotros y no otros sois las personas con las que comparto mi vida y con las que quiero compartirla. Y sé que la gente va y viene. Y sé que yo mismo puedo estar, justo dentro de un año o de diez minutos, en cualquier otra parte, con otros, quizá con otra —«acaso ya», se pregunta Raquel— pero no podré ser otro porque soy también —ese adverbio— esto. Soy también lo que vosotros me aportáis. Y lo que no me aportáis. Soy con vosotros. Por eso, Marina, no solo Torrellas, todos nosotros nos sentimos como posiblemente te sientes tú, un poco menos nosotros si te vas, y como realmente te vas pues…

39.

No sé si la botella cayó por si sola o en un arrebato casi ivánzuluetesco. Nicole dejó caer la botella al suelo, derramando el líquido y con él la posibilidad, no ya de seguir bebiendo, sino de seguir, sin más. La posibilidad de que el discurso quedara cerrado como si los discursos pudieran cerrarse. Como si algo pudiera cerrarse alguna vez por más que un lazo que ate, que un broche, que una tapa que quedara como una cabeza desprovista de su cuerpo, recuerda Marina, yaciendo junto al frasco abierto, sobre el sofá. Un frasco abierto y vacío. ¿Cómo pudo pensar —se pregunta ahora que mira a Armando fijamente como si los demás no estuvieran— que el frasco pudiera haber estado vacío siempre? ¿Cómo es posible pretender que todo el amor que teníamos cupiese en un frasco de no más de diez centímetros de alto? El líquido había salpicado los zapatos de Raquel que se limpiaba con un pañuelo que su novio, solícito, le ofrecía. Sobre el suelo algo como una sombra informe que el resto observaba expandirse, fluir bajo el banco corrido, como un universo líquido sobre el que ellos, demiurgos antojadizos, podrían dibujar, dirigir, acotar, escupir. Así deben sentirse los dioses frente a la insignificante existencia de los estúpidos seres que como ellos, se plantean, una noche cualquiera, la remota idea de tener alguna posibilidad de tomar decisiones por sí mismos, con la pretensión de dirigir la expansión de sus propios universos.

—Ha quedado como un mapa —dice Torrellas, tan aficionado a la Geografía evolutiva—. Parece Yugoslavia. Lo que ahora que caigo es incluso irónico.

—¿La Yugoslavia de ahora o la Yugoslavia de hace diez años?

—Eso es lo irónico.

—Yugoslavia ya no es lo que era, hermano.

—Y a nosotros nos queda un verano.

—O unas tres horas.

40.

Que los recuerdos queman en el estómago es algo que Zacarías Olite había aprendido hace tantos años que ya casi se había convertido en habitual esa sensación como de cuerpo yermo, agravado ahora por el inmenso dolor al final de la espalda y un regusto a sangre seca y a beso vetusto en los labios. Por eso, como si necesitara una excusa, otro Ducados que esta vez no tuvo fuerzas para encender apoyado en un portal, no demasiado lejos de Castillo i Picó pero más cerca de la entrada de un parque que a esas horas, ya oscuro y tranquilo, puede que alguna pareja de amantes con prisas y sin pudor, puede que algún grupo de jóvenes aprendices de asaltadores, puede que un viejo pintor moribundo. Por primera vez sintió frío y moribundo en la misma frase pero no le inquietó en absoluto. A trompicones consiguió entrar en el parque en donde ni siquiera llegó a sentarse en el primer banco que encontró, sino que se dejó caer junto a él observando las sombras chinescas que formaban en el suelo las hojas de lo que parecía ser un Ginkgo biloba: ahora el contorno de un corazón, ahora La Catedral de Rodin, ahora una mujer sin rostro al borde de un acantilado. Le pareció, más que sorprendente, inaudito que el perfume extraño y suave y dulzón que ella usara en Buenos Aires, que le dejaba también su ropa y sus manos y su cama con ese aroma que él identificaba con el amor, con el fin de semana, con un cine en Corrientes, pudiera encontrarlo al otro lado del mundo en una balda cualquiera de mala literatura y peores modales. Un perfume que fue lo único que pudo llevarse de ella cuando salió de Buenos Aires. Con el que impregnaba un trocito de tela que siempre le acompañó en los primeros años. Que olía con los ojos cerrados. Que colocaba junto a él en almohadas de pensiones con insectos, de habitaciones compartidas, de vagones de tren. Que apretaba fuertemente dentro del bolsillo de un abrigo, como si tomara su mano. Al que besaba para notar el aroma. Al que hacía el amor en las noches más tristes y solas. Un perfume que, de pronto, un día fue un frasco vacío. Que meses más tarde sería un fuerte estruendo de pedazos de cristal contra la pared en un suburbio de San Francisco. Que acabó como acaba el amor, casi sin querer, casi inevitable. Siempre hay un *ya no* que duele más pronunciar que oír.

41.

Marina había dejado sus cosas en el estudio. Quería despedirse del Viejo y tenía que estar en el aeropuerto sobre las siete, así que la acompañamos hasta la parada del nocturno, no sin antes de que Raquel y su civismo evidenciaran que habíamos dejado una horrible mancha en mitad de Plaça Sant Lluc.

—Llamar «horrible mancha» a Yugoslavia es posiblemente el mejor análisis geopolítico que se haya hecho nunca sobre los Balcanes desde 1914 —alabó Torrellas, que volvía a la fase entusiástica-sarcástica.

—Admito que inventarse un estado a costa de apiñar ciudadanos y pasaportes es bastante ficticio, pero no más ficticio que cualquier otro estado que se crea uninacional y no se esté desintegrando por momentos. ¿Se puede decir uninacional? —le pregunta a Raquel su novio.

—¿Se puede decir que cualquier estado que no sea Yugoslavia no se esté desintegrando en este preciso instante? —le responde.

—A esta hora cualquier cosa que digas puede ser válida si va acompañada de una cita de Bordieu, aunque sea la más grande de las tonterías —añade Nicole, que llevaba tres años de carrera y ya sabía que Bordieu…

—El apoyo del irrefutable pope. Estoy seguro de que en la mayoría de los casos las frases que se atribuyen a alguien nunca fueron pronunciadas por ese alguien. En algún lugar debe haber un *negre* escribiendo frases sin sentido atribuibles a cualquier personaje histórico.

—Y en cualquier otro sitio debe haber algún idiota dispuesto a repetirla hasta la saciedad sin entender su significado.

—Con todo —sigue Armando, que en realidad era el único capaz de tomarse en serio cualquier afirmación—, no es ninguna tontería que los estados uninacionales, no, no creo que se pueda decir, pero a esta hora, sean más que espacios administrativos. Aquello que nos une desde un punto de vista nacional nos excluye desde un punto de vista generacional o académico o, yo qué sé, musical. Estoy seguro de que tengo más en común con un alemán de mi edad que con un compatriota chauvinista, analfabeto o amante de la tauromaquia. *The frontier are my prison.* En el momento en el que nos demos cuenta de lo absurdo que es enarbolar un pasaporte u otro seremos todos mucho más felices. A lo mejor la irlandesa británica lo sabe explicar mejor.

—Bueno, por más excluyente que pretendas, en realidad eso en común que podrías tener con un alemán es lo que llamamos Civilización Occidental, pero no creo que te sientas identificado con un musulmán o un africano intelectualoso y esnob como tú —Nicole con medio litro de vino era mucho más divertida que la irlandesita alcoholizada media, lo que la convertía, por más que intentara lo contrario, en una intelectualosa y esnob más—. Lo hablábamos esta tarde. Soy irlandesa como concepto geográfico y cultural y, sin embargo, prefiero ser británica desde un punto de vista político y, además, soy republicana, imagínate lo que puede resultar de todo eso. Mi padre trabajaba para el servicio secreto en Londonderry. Ahora vais a pensar que era un confidente o un traidor o algo así, un torturador. No sé realmente a qué se dedicaba. Me queda la posibilidad de inventármelo como me apetezca porque a los nueve años me fui a Londres, con mi tía. No volví a verle. Murió unos años después. Pero a lo que iba, me sentía extranjera en Londres. Hay muchos prejuicios hacia los irlandeses y cuando he vuelto a Irlanda también me he sentido extranjera allí, así que imaginad si me importan una mierda los pasaportes, las banderas. Uno debería ser de donde le diera la gana. Sí, una nación es un grupo de personas que se reconocen a sí mismas. Yo me reconozco irlandesa, aunque imagino que habrá muchos irlandeses a los que les cueste reconocerme como una de ellos. También me siento muy a gusto aquí y me reconozco entre vosotros.

—Fundemos nuestra propia república —sugiere Torrellas.

—Fundemos nuestro propio mundo —dijo algún otro ahora que llegábamos con esa sensación como de abandono que siempre tienen las paradas de autobús desiertas.

—En realidad ya tenemos nuestro propio mundo —parece que descubriera Armando—. Un mundo no es solo un concepto espacial sino simbólico. Nuestro mundo es físico, una plaza, nuestros bares, la Facultad, pero también es intelectual, nuestras lecturas, nuestros discos, nuestras películas. O afectivo, nuestros amigos, nuestras familias…

—Pero no por ello —quiere aclarar Marina— nuestro mundo, nuestros mundos, son finitos. Siempre hay lugares, lecturas, amigos que descubrir. Nuestro mundo es mutable. Hay otros mundos con los que interactuar. Llegar a América cambió la cosmovisión de la humanidad, y no pretendo un silogismo.

A lo que Armando responde con el silencio de quien sabe leer más allá de lo escrito.

—A lo mejor os resulta una idiotez pero no sé si somos conscientes de que tenemos la oportunidad histórica que solo tiene una generación cada cien años —siempre trascendental Raquel— de vivir un cambio de siglo. Podemos empezar algo nuevo. Es verdad que no necesitamos una fecha redonda como el año 2000, pero imaginadlo. Un siglo nuevo, un siglo que empieza, un siglo para nosotros. Podemos hacer del siglo XXI lo que queramos. O al menos intentarlo. Podemos construir un nuevo mundo. Plantear un nuevo contrato social. Hacer del siglo XXI el siglo de la revolución. No digo una revolución armada como querría este, digo un cambio radical en todos los sentidos, una transformación de la misma concepción del mundo. Que el mundo, los mundos si quieres, me gusta esa idea, sean lugares más cultos, más tranquilos, más sanos, mejor repartidos. Y para eso tenemos que influir en el modo de pensar de la gente. Tenemos que crear opinión. Lo que ha hecho hoy el Viejo, tirar por el suelo todo lo rancio, todo lo antiguo, todo lo que pretende vender algo carcomido como nuevo, es una revolución. Imaginad el mundo, los mundos, dentro de diez, de veinte años. Imaginad que lo hemos conseguido, o que al menos lo hemos intentado. Algún día tendré un hijo, no os riais, idiotas, algún día tendré un hijo y si alguna vez me pregunta: «¿tú qué hacías mientras el mundo se iba a la mierda?» Porque se está yendo a la mierda, en eso estamos de acuerdo. Yo quiero tener una respuesta digna. No quiero decirle que tomaba café a la espera, haciendo comentarios sarcásticos, o que escapé, o que, yo qué sé, o que me consumía delante de la televisión. Algún día, en unas semanas más bien, acabaremos la carrera, seremos antropólogos, periodistas, profesores, escritores, seremos incluso políticos, seremos, nuestra generación será la que tome las decisiones en el mundo, en cada uno de nuestros mundos. Desde ahora tenemos la oportunidad de intentar hacer mejor las cosas. O podemos acabar al final de la barra de un bar mascullando que nuestra generación también fue la generación más apestosa de la humanidad.

Así que Raquel se sienta bajo la marquesina a esperar un autobús nocturno al que ni siquiera va a subir, lo que también es otra forma de sublevación. Y tiembla un poco por lo que su novio se sienta junto a ella, le pasa un brazo sobre los hombros, la atrae hacia él mientras Armando enciende un cigarrillo en silencio, como en silencio el resto se distribuye por la parada, apoyándose en un anuncio de ropa Torrellas, en el propio Torrellas Nicole, en sí misma y en el eco de la palabras de Raquel Marina que mira su reloj y a Armando casi al mismo tiempo. Que sabe que tiene que decir al menos hasta luego, como dicen quienes tienen la esperanza de que haya una próxima vez. Que no quiere irse justo ahora que parece que empieza algo que para ella tiene lugar en otro continente, y lo sabe. Y por eso este silencio archipiélago rodeado por todo un océano de frases manoseadas que no nos atrevemos a pronunciar después de que Raquel, casi Raquel, la mejilla fría en la palma de la mano, fija en el rótulo de una farmacia fluorescente, estrella de la modernidad de ese siglo nonato en el que podemos soñar (diseñar) nuestros propios dioses y al parecer no lo sabíamos. Raquel que bosteza como para justificar el sueño (¿el hambre?) de un final de siglo de página en blanco, de huellas preguntando por mí, debe de pensar Armando, atado todavía a la obligación del sueño premonitorio, de cumplir sus propios miedos pese a la violencia del humo exhalado de quien se sabe transitorio.

—Tú, que puedes ser muchos soñando que estás en lo cierto… Una poetisa venezolana, Nosequé Parra —dice Armando en lo que a todos les ha parecido un por fin, porque un silencio como ese era absolutamente necesario hacerlo pedazos—. Aunque a veces lo cierto, más que un sueño sea una pesadilla.

—Lo cierto es la mentira aceptada por la mayoría —replica el novio de Raquel, a quien le gustan esos juegos de palabras.

—Hay siempre una verdad irrefutable. Y no, no me estoy refiriendo a la muerte —Ahora ya en un diálogo casi privado entre los dos, pese a que los demás—. Es más una verdad pequeñita, de martes por la noche, de paradas de autobús. La verdad de lo cotidiano. La única verdad que nos hace seres humanos. A veces nos empeñamos en complicados *tractatus* reflexivos sobre la condición humana, páginas y más páginas que pretenden llegar a conclusiones cuanto más incomprensibles más científicas, cuando lo que nos hace humanos es sencillamente esto, la necesidad del otro, el miedo a estar solo. ¿Cómo era eso que decías?

—El ser humano es un animal social, en ocasiones sociable y pocas veces socialista —dice, casi recita, el novio de Raquel.

Hay como una sonrisa colectiva, otra forma de sentirse humanos, cuando el novio de Raquel concluye su frase y más aun cuando recuerda aquella maravillosa respuesta de Jeff West. Preguntado en una entrevista televisiva sobre su visión del mundo, el poeta canadiense, que por esas fechas idolatrábamos tanto como al propio Zacarías Olite, respondía: «El gran problema del mundo es el resto de la Humanidad».

—A lo mejor no es necesario extinguirnos como especie —dice Armando—. Igual basta con que seamos capaces de encontrar la fórmula para sostener un grado de estupidez tal que no termine siendo letal para el resto de habitantes del Planeta y que, sin embargo, siga definiéndonos como especie.

42.

Las despedidas casi nunca ocurren como las imaginamos. Escribe pronto. Suerte. Ven, dame un beso. Y sin apenas darnos cuenta Marina y Armando ya estaban subidos en el autobús. Un conductor con aspecto de ocurrírsele mejores cosas que hacer un martes por la noche que dar vueltas por una ciudad dormida, una cansada fregona de oficinas o de aeropuerto buscando aún al otro lado de la ventanilla la oportunidad que vino a buscar a Europa, medio dormido todavía el panadero camino del día que comienza horas antes de que realmente comience, en fin, nada de esa fauna previsible, cliché, de película de sobremesa, que cualquier lector que se conforma con cualquier párrafo esperaría encontrar en un autobús nocturno en donde la propia Marina se sorprende en el reflejo y las luces apagadas recostándose sobre el hombro de Armando, como tantas otras noches después de unas cervezas al salir de la tienda de fotos, mientras Armando le contaba de lecturas, de películas, de estos ya desapareciendo por los retrovisores. Retro-visión, se dice Marina para sí, filóloga siempre, acomodándose en el trocito de Armando que es también suyo, que huele a tabaco, a vino derramado en la acera y, más a lo lejos todavía, a frascos de revelado. Revelación, filóloga siempre. Pero también frasco.

—Llegaba a casa cuando salía del portal Gordon's —A Marina no le gustan los rodeos.

—Salí un rato después, no te he visto.

—Estuve esperando. No sé por qué pero sabía que ibas a salir enseguida. ¿Te has acostado con ella?

—¿Cambiaría algo si no lo hubiera hecho?

—No, no creo.

—Entonces, ¿qué más da?

—El frasco estaba abierto.

—Y vacío.

—¿Te ha sorprendió que lo estuviera?

Armando le da un beso en la mejilla. Ella se acurruca un poco más. Parece como si el panadero, dos asientos atrás, fuera a bajarse en alguna parada próxima porque se mueve demasiado haciendo un ruido que impide, pese a que Armando le habla directamente en el oído, que Marina escuche, y aun así Marina asiente, Marina siente, Marina miente cuando se incorpora, porque no quiere incorporarse, se coloca la mochila sobre las piernas, se muerde la piel muerta del borde de las uñas. El panadero se baja frente a la farmacia que avisa increíbles descuentos en extremidades protésicas y 12 grados en un reloj digital, abierta 24 horas. Se toma un segundo como para respirar, el mismo que se toma el conductor para asegurarse, retrovisor, de que iniciar la marcha de nuevo no supondrá ninguna amputación. Ya son las cuatro y veinte.

—¿Es verdad que el mundo está cambiando? ¿Lo crees así? — Marina se ha girado hacia él para preguntarle directamente, no solo para arrojar la pregunta como si de un suspiro.

—El nuestro parece que sí.

—No, no lo creo, ¿qué cambia?

—Que no vas a estar, aunque dejaste de estar ya hace unos días, lo que no sé es por qué.

—No hay un por qué. Siento que necesito irme, eso es todo.

—Eso es todo —repite Armando sin estar seguro—. Me he sentido como un perrito estos días, yendo detrás de ti, esperando, no sé, una caricia supongo, ¿no? Eso es lo que se hace con los perritos.

—Lo siento, no era lo que pretendía. No quería que acabase esto así, de verdad, y me siento muy culpable. No sé cómo hacerlo, no sé cómo se hace, cómo se deja a la persona de la que estás enamorada cuando todavía lo estás.

—Esta es la primera vez que admites haberte enamorado de mí.

—No es verdad —dice Marina, que sabe que la verdad no existe.

—Sí, sí lo es. Llevamos año y pico viviendo juntos, unos tres saliendo, y esta es la primera vez que dices que estás enamorada de mí. No, está bien, me gusta saberlo —Y no pueden evitar esa sonrisa casi triste que anticipa la siguiente parada de autobús, el semáforo en rojo para hacer un poquito más largo el silencio de la espera, ya en pie, ya frente a la salida, Armando sujetándola por la cintura. Marina dejándose abrazar los veintidós segundos de transición al verde. Ese ruido insoportable de unas puertas cerrándose o de sus propios pasos cruzando a la otra acera. Detenerse a la altura del 3 de Castillo i Picó.

Es un poco pronto para ir al aeropuerto. Ya ves, y yo creyendo que es un poco tarde para portales. Tengo llave, el viejo estará dormido, preparamos café o algo así, me apetece hablar. Y a mí café, y estar contigo. No te vayas. Quiero irme. Tengo que irme. Dice esto último sacando la llave y queda incluso paradójico que irse sea entrar, que irse sea un beso en el pelo que le deja Armando tan suave que Marina siente un escalofrío que no quiere sentir, y por eso cierra los ojos tras girar la llave aguantando incluso la respiración, invitándole a pasar el primero ahora que Armando lo nota, y se aparta, y deja que sea Marina quien entre, quien encienda la luz del rellano quien se dirija hacía la escalera.

43.

Debía ser eso que los escritores de profesión, por aquello de crear ambiente, llaman noche cerrada, con la patética creencia, también, de que la noche pueda cerrarse como un baúl (como un frasco de perfume) y que quede dentro todo lo que la noche contiene, sin entender que los días son el resultado de la noche anterior. Debían ser las dos o las tres porque a Zacarías Olite le daba la gana de que fuesen las dos o las tres de la madrugada. Había alcanzado ese momento en el que el alcohol perfumado, el silencio, el vocabulario de las sombras pueden transformar un parque cualquiera de barrio en un Buenos Aires en donde esperar, como cada primer martes de septiembre, a la mujer que nunca llega. Le había prometido que regresaría antes de que acabase el invierno, el primer martes de septiembre, y que en la alameda, justo al final de esta calle, en este mismo banco de madera, estaría sentado, fumando, tal vez un periódico, un regalo. Lo cumplió. El primer martes de septiembre allí estuvo. Apenas tenía dinero para el pasaje de regreso pero regresó. Y al año siguiente. Y al otro. Regresó incluso en los años más duros. En los años en los que no podía regresar, porque su compromiso social y político se lo impedía, también lograba estar al final de la alameda en forma de nota, de amigo con recado, de dibujo en un papel. Cuando consiguió hacerse un nombre como pintor regresaba con motivo de alguna exposición que siempre coincidía en septiembre, el primer martes, antes de que acabase el invierno. Pero ella nunca apareció. Ni el primer año que trajo una tarjeta de Paris, ni el siguiente con un pañuelo, ni el tercero. Nunca apareció. Pero cada año, Zacarías Olite, el primer martes de septiembre, se sentaba en el último banco de madera, al final de la alameda. El mismo banco al que ahora intenta encaramarse sin éxito, no vaya a ser que ella aparezca y no lo vea. Y se esfuerza aun más. Y en el esfuerzo tose, y vomita algo como sangre, como todos los septiembres, como el peso que le impedía ascender hasta el banco que al final alcanza y se recuesta empapado en sudor frío y lejano, casi sin aliento y con un gran hematoma en la espalda, a la altura del riñón. Pero sentado. Busca a su alrededor por si la luz de la farola pudiera alumbrar algo que le sirviera de regalo, y solo encuentra sombras. Se acuerda de las llaves de la ciudad, del diploma tirado por el suelo. Esta ciudad es mía —se dice—. Te la regalo.

No puede ser casualidad que de algún lugar oscuro apareciera ella. Tan bonita. Tan veintiún años, tan falda corta y medias y justo ese perfume que Zacarías Olite tose más que huele. Porque toser parece lo único de lo que es capaz en ese instante en el que ella se sienta a su lado. Lo mira dulce, como sabiendo, como si fuera ella quien estuviera esperándole todos estos años.

—¿Cómo estás? —se atreve a decir el Viejo.

—Por lo que veo, mejor que tú —No, no había olvidado cómo sonaba su voz.

—Un mal día, nada más —dice mirándose una camisa manchada de sangre y cansancio—. Te ofrecería un cigarrillo pero no me veo con fuerzas para sacarlo del bolsillo.

—No importa.

—Tenía muchas ganas de verte. Han pasado... ¿cuánto? ¿cuarenta años? Y sigues igual. Estás preciosa.

—Siempre te gustó esta falda, ¿verdad? —Ahora es ella quien se mira—. ¡Es gris!

—*You Know, You're just a little girl with grey eyes.* No es gris, es de plata. Me gustan tus piernas. Me acuerdo que me dejabas que te acariciara el muslo bajo la falda —Pero no tiene fuerzas si quiera para levantar la mano y se limita a un ademán que ella recoge con una sonrisa.

—¿Dónde has estado todo este tiempo? Te estuve esperando —se confiesa el Viejo.

—Fuiste tú quien se marchó.

—Es verdad. Y ahora supongo que no debí hacerlo... o sí, qué más da.

—¿Te fue bien?

—Hoy me han dado un premio y conocí a Fontana y una vez estuve en Moscú, es bonito. No sabría decir si me ha ido bien o qué, al menos me acuerdo de cosas... ¿y tú?, te casaste, me contaron.

—Tú también.

-¡Tres veces! —dice el viejo intentando enderezarse un poco porque no consigue verla bien pese a que está sentada a su lado—.

Ninguna eras tú, pero todas se te parecían. Cualquier psicoanalista barato sacaría conclusiones precipitadas. Hace un par de años conocí a una chica, casi una niña, como vos ahora. El mismo pelo, esta forma de ladear la cabeza —En realidad teme que sea Marina y no ella quien haya aparecido—. En unas horas también se marcha a Montevideo, imaginá.

—¿Y le has advertido?

—¿Qué Montevideo no existe? Ya lo descubrirá ella misma. No tardará más de dos días en sorprenderse buscando los mismos lugares que pretende dejar aquí. Los mismos amores —La última palabra la pronunció casi de forma inaudible. Otra vez la tos. La sangre en la boca seca. Unos segundos eternos hasta que se disculpa:— Aunque no es la primera vez que me encuentras con la camisa manchada y este aspecto de borracho marginal. ¿Fue por eso que no te viniste conmigo?

—No me lo podía permitir. Te lo dije.

—La orquesta. Es verdad. Henderson versus Kandisky. Ha sido mejor así, ¿verdad? ¿Sientes que nos equivocamos?

—¿Y tú?

—Siempre respondes con una pregunta ¡y el de origen gallego era yo, chica napolitana! No, no lo creo. No te habría hecho feliz —se señala como si fuera la evidencia de lo que dice.

—¿Y tú? ¿Has sido feliz?

Hacer un balance de toda su vida era posiblemente lo último que le apetecía al Viejo en ese momento y aun así se le aparece una casa en Avellaneda, la Escuela Normal, una madre que lo llevaba de la mano a comprar fruta.

—Creo que dejé de ser feliz cuando mi madre dejo de tomarme la mano.

—Las madres nunca te sueltan de la mano.

—La mía sí. Digo, de forma física. Llegó un momento en que ya no me tomaba de la mano por la calle, como si ya hubiera pasado aquello, como si no hiciera falta. Y lo echaba de menos. Notaba que quería notarla, que quería agarrarme, pero ya no era un chico, comprendés, ya tenía que caminar solo…

—Bastaba con que tú hubieras buscado su mano.

—No es tan fácil, amor, ¿una mano buscando la mano que necesita? ¿En qué mundo vivís?

—¿Entonces ya no eras feliz cuando me conociste?

—No, sí, claro que sí, pero era otra cosa. Era una felicidad tangible, contable, una felicidad de leerte en el cuarto, de hacernos el amor, de lápices de colores y piyama, es otra cosa. Una felicidad finita.

—Y se nos acabó.

—¿Tú crees? No creo que se acabara. Fue como si se nos cayera de las manos.

La calle parecía la continuidad de ellos mismos. Desde el banco en que estaban sentados, justo a la entrada del parque, podían ver pasar un autobús, una pareja caminando, un gato que busca, esas estampas de lo rutinario. Paradójicamente Zacarías Olite se encuentra cada vez mejor y ahora es capaz de sentarse más erguido, de mirarle de frente ese mechón rubio, casi una certeza de que sigue amándola. ¿Y dónde estarán ahora todos esos nombres que en ocasiones mandan postales, que felicitan cumpleaños, que anuncian inesperadas visitas con sobrinos y noticias de familiares muertos? ¿Dónde ese Buenos Aires, ese San Francisco, esos hoteles destartalados de días largos y ginebra seca como único alimento?

—Llevo siete años queriendo terminar un cuadro en el que no me atrevo a ponerle tu rostro al personaje central. Y sin embargo estás en el resto de cuadros que pinté. A veces eres una hoja amarilla, a veces el rosa del cielo, a veces un brochazo sin sentido. Siete años para acabar un cuadro que ya no voy a acabar.

—En realidad me idealizas. Siempre lo has hecho. Igual por eso me enamoré de ti. Igual no hacía falta poner un rostro en el cuadro. Y entonces estaría terminado aunque no lo supieras. Hace siete años que acabaste el cuadro, ya ves.

—Que digas «en realidad» teniendo ventiún años y haciendo de este parque un Buenos Aires de papel es una maravillosa concesión, gracias. Que admitas que te enamoraste de mí seguro que es fruto del *delirium tremens*. Por este tipo de cosas sigo queriéndote, deberías aparecerte más a menudo. Debería morirme más a menudo. Esto de beber perfume —Se mira Zacarías Olite el enorme hematoma que se va extendiendo desde la espalda hacia la novena costilla.

—El perfume no mata.

—Eso es lo que tú te crees.

—Tampoco el golpe, aunque te ha dañado el hígado. De hecho es lo que ha pasado. Tu hígado se ha perforado. El golpe solo ha activado toda una vida de artista bohemio.

—Qué te parece, he muerto por exceso de Arte —Se ríe con su propia ocurrencia y ella sonríe con la sonrisa más bonita del mundo—. No me has dicho por qué nunca apareciste ninguno de esos martes. O mejor, por qué justo este martes sí.

—Hoy tampoco he venido, mi amor.

Tiene unas manos suaves y finas, casi adolescentes, con las que ahora le acaricia la frente, la barba, le dibuja los labios semiabiertos, le besa muy despacio. Levantada se coloca frente a él. Le pasa los dedos por el cabello como hacen las madres. Le coloca el cuello de la camisa y quita una arruga del pantalón. Zacarías Olite se deja hacer como si fuera un muñeco sin peso, mirándola tan bonita, tan parecida a Marina que otra vez el parque, las confusas sombras de farolas y Gingko biloba y lo que pudiera ser el sonido de un gato callejero que pasa por delante de su cuerpo inmóvil, que se detiene para que ella le acaricie el lomo, incluso lo lleve a sus brazos, lo acune.

Por la vereda del fondo alguien se aproxima despacio, temeroso, escuchando hablar en voz alta a un viejo borracho con el gato que se ha detenido frente a él. Zacarías Olite lo ve todavía lo suficientemente lejos como para que no le escuche más que en un murmullo.

—Vaya, a lo mejor ese tipo viene a robarme la cartera.

—No te preocupes —le aclara ella—. Va a llamar a la Policía. Y en unas horas incluso saldrás en las noticias.

—Qué te parece, voy a ser famoso.

Ella mira con cariño el cadáver del Viejo como si lo acabara de esculpir mientras se va desvaneciendo de a poco, a medida que el Viejo va cerrando los ojos y una especie de brisa lo despeina de nuevo, le revuelve también el pelo a ella hasta que le cubre el rostro.

—Me ha gustado verte —tiene fuerzas todavía el viejo para decirle.

—Y a mí que me pensaras justo ahora —responde ella antes de desaparecer.

44.

Ese enorme silencio que sigue a la marcha de un autobús. Torrellas tose apretando un poquito la cintura de Nicole, como avisando que quiere cambiar de postura. Nicole se separa mirando hacia la noche por donde Marina y Armando acaban de marcharse, y como si aún pudiera verlos sugiere que Armando le habrá pedido que se quede en lo que es más un lamento que una predicción. Pero Torrellas niega, volviendo a atraerla hacia él ahora que ha recolocado la pierna dejando como un huequito para que justo Nicole quepa. Y cabe. Y deja caer la cabeza sobre su pecho. Y mueve los ojos como quien escucha algo que solo ella y que realmente es Raquel susurrándole a su novio prométeme que no me vas a dejar nunca. No puedo prometerte eso, mi amor —le dice él en los oídos de Nicole—, no puedo prometerte más que un futuro de un par de horas, una mañana como mucho, esto que llamas mundo da demasiadas vueltas. Lo que sí te puedo prometer es que en este preciso instante nada podría separarme de ti, que a oídos de Nicole, e incluso a sus ojos, es el beso que pudiera ser Armando, que pudiera ser Armando y Marina, que pudiera ser Armando sin Marina a partir de mañana lo que le hace sentirse un poco mal por pensar en ello y pregunta qué hacemos ahora, que es también otra forma de Armando y Marina y la calle a oscuras.

—¿A qué hora te dejan entrar otra vez en el colegio?

—A las siete.

—¿Y no es un poco nazi tener un toque de queda? —Torrellas siempre tan anacrónico, o quizá no tanto porque también el novio de Raquel con referencias temporales añade que es un poco del siglo XIX, ahora que casi el XXI, y que ellos tan del siglo XX sin tener demasiado claro qué pudiera definir el siglo XX.

—Es un poco Ley marcial —Que Nicole sepa decir Ley marcial realmente les da cierto miedo, imaginando Londonderry en los ochenta—, pero es lo que hay. Puedo esperar en la puerta a que abran, no sería la primera vez.

Pobre niña abandonada, bromea Torrellas, mientras Raquel querría sugerir el acantilado que posiblemente ahora no sea el mejor sitio, luego de que Marina se haya marchado con Armando, y se alegrará de no haber insistido solo unas horas más tarde cuando entren en el estudio del Viejo y vean todos el cuadro en el que estaba trabajando, con lo que su novio, solidaridad de huérfano, ofrece su casa con suficientes habitaciones, sofás y moqueta para que todos se tumben en alguna parte y ya pensarán mañana, pero ya es mañana, si merece la pena ir a la Facultad o si es preferible seguir durmiendo, antagonismo que les sugiere que los estudios y los sueños en algún momento se distanciaron. Algún momento que debe de ser «este fin de siglo postindustrialmente competitivo, individualista, deshumanizado, de autobuses», añade el novio de Raquel, «de miércoles sin sueño», dice su novia, que sí tiene sueño y se abraza mientras caminan por cualquier calle que suba en silencio.

45.

El Viejo aún no había llegado. A oscuras el estudio parecía como tomar conciencia de sí mismo y se proyectaba, atento y abierto a través de la luz de una farola colándose por las rendijas de la persiana que, y no era habitual, el Viejo habría bajado. Así la noche parecía charlar con todo lo que Zacarías Olite dejaba en cualquier parte, ese aroma a pintura y sudor seco, los pinceles secándose en un bote, una silla en mitad de ninguna parte, la tela en la que trabajaba que Marina trató de explicar a Armando pero, claro, el peso de los convencionalismos del lenguaje, cómo explicar, qué palabra para la bofetada del minuto absorto frente a este rompecabezas de color en el que también Armando cree ver a Marina frente al acantilado de las decisiones por tomar.

Evidentemente no había café y sobre la mesa de la cocina unos trapos arrugados en forma de algo semejante a un mapa mudo, ellos también enmudecen sentados a la mesa, los cigarrillos casi consumidos, las ganas en los bolsillos. Marina se levanta a buscar algo en su maleta que en el salón rompe con la estética, o tal vez añade más sensación de abandono, de recién llegado también, piensa Armando que desde la puerta de la cocina pregunta si necesita ayuda, en un intento de estar de nuevo tan juntos que no hiciera falta preguntar desde ninguna puerta, que la puerta misma fuera la pregunta, que la misma puerta dudara de su propia existencia.

—Sí, anda. Da la luz.

—Si doy la luz se rompe el encanto del salón, lo velamos, chica de las fotos.

—Y también filóloga. Velar es disimular lo negativo.

—Eres horrible.

—¿Porque me voy?

Armando enciende la luz y Marina encuentra entre su ropa arrugada el bote donde guardó el carrete esta mañana.

—Son las últimas. He dejado todas las demás de la serie en casa —Cómo cuesta decir en casa cuando la casa dejar de ser nuestra—. No he podido revelarlas pero me gustaría que te las quedaras. Se las iba a dejar al Viejo para que te las diera mañana o cuando fuera. Es casi un año de hacer la misma foto, seguro que sabes encontrarle un sentido. Incluso puede que haya una tuya.

—Entonces quédatelo y cuando lo reveles te preguntas quién era ese tipo…

—No seas… no voy a olvidarte.

—No es lo que me preocupa. Me preocupa que nos veamos otra vez, no sé, dentro de un par de años o así y que no seamos los de ahora. Que nos demos cuenta de que el tiempo nos ha puesto en un lugar que ya no compartimos. Tengo miedo, Marina, no de que me olvides, sino de que nos convirtamos en dos perfectos desconocidos. Que dejemos de ser esto que somos ahora… dos que comparten una fotografía aún por revelar… perdona, me ha salido cursi, pero qué quieres, no es mi mejor día.

—Tampoco el mío.

—No he hablado con Raúl, no sé si sabe que no te vas por él, sino con él —Trampantojos del lenguaje, piensa Marina mientras, Armando sigue diciendo. Cómo una preposición (pre-posición, una posición antes, ponerse antes, anteponerse…), puede cambiar la intención. Ir por. Ir con. Pero ir. Marina se va. Marina cierra su maleta. Ir por él. Ir con él. El pronombre es ahora el que cambia, aun siendo el mismo (él Armando, él Raúl). Pero el ser humano es un animal mutable, ni siquiera mantenemos el mismo aspecto, cuanto menos el mismo interior. Cómo no haber cambiado dos años después, cuando volvamos a vernos, Armando, hasta ser dos completos desconocidos, si a cada segundo ya somos diferentes, si ahora mismo ya no somos los que fuimos ayer, o esta mañana, y no sé si es precisamente por eso por lo que este pasaje de avión, esta maleta que no termina de cerrar, este carrete sin revelar como intentando preservar lo inevitable.

—No soy capaz de pensar en un vosotros —sigue diciendo Armando—. Digo, en Raúl y en ti como un conjunto, como un vosotros que me deja, claro, a mí fuera. Como algo que, en realidad, para ti será nosotros. Un nosotros en donde te sientas incluida, no sé. Tú lo explicas mejor, eres filóloga, estás siempre jugando con las palabras, salvo que ahora ya no quedan en el plano de lo simbólico, las palabras, este vosotros, ese nosotros, son reales, son personas de verdad, son, somos, nosotros, pero un nosotros que...

—Cállate —le dice Marina callándole con un beso.

46.

Si supiera escribir poemas esto sería un poema. Sin embargo, tendré que conformarme, conformarte (formar con) esta amalgama de palabras que van tejiéndose sin saber exactamente el orden en el que deben ser colocadas, porque no existe una especie de índice de recuerdos que sea capaz de recorrer la distancia que hay entre un cerebro emisor, el mío por ejemplo, y otro receptor, el tuyo, espero, cuyo cauce que les conecte esté formado por estas manos que teclean pretendiendo acariciar, digamos, sin querer (aunque sabemos que sí quiero), esos ojos que leen, esos labios que se mueven en silencio, esas manos que sujetan un libro en el que es posible que Marina, justo en este instante, abrace con todas las fuerzas que le permiten unos brazos que se saben cada vez más lejos, que sienten que ha llegado el momento en el que hay que dejar de aferrarse si de verdad no quiere hacerle más daño. El daño que provoca ese golpe involuntario en el dedo meñique de la nostalgia —Armando consigue apagar la luz sin dejar que Marina se suelte. A oscuras se susurra mejor—. No te vayas. No te vayas. No te vayas.

47.

—Seguro que hay galletas en alguna parte, y café, y puede que hasta cigarrillos —dice el novio de Raquel, entrando en la cocina en busca del Foster Wallace del que le hablaba a Torrellas en la escalera, justo antes de abrir y de que Nicole se dejara caer en la alfombra, junto a un sofá y de que Raquel encendiera el televisor como por inercia y una reportera apareciera de súbito preguntando a un jardinero sobre lo que había encontrado, ya con las primeras luces del día.

—¡Mira! Ese es el parque que hay junto al estudio del Viejo.

—¿Y por qué sale? —pregunta el novio de Raquel, volviendo con el libro en la mano.

Este libro se terminó de maquetar el mismo día (23 de junio) del comienzo del verano de 2018 en Logroño (La Rioja).

www.ingramcontent.com/pod-product-compliance
Lightning Source LLC
Chambersburg PA
CBHW051345020726
47501CB00007B/2278